天国から地獄に連れて行かれた男の子

やまもとよしあき

青山ライフ出版

天国《てんごく》から地獄《じごく》に連《つ》れて行《い》かれた男《おとこ》の子《こ》

母親《ははおや》と一緒《いっしょ》に外出《がいしゅつ》から戻《もど》ると、リビングルームに入《はい》ったとたん、母親《ははおや》は強《つよ》い声《こえ》でイチローに言《い》いました。

「イチローと一緒《いっしょ》に出歩《であ》くと、恥《は》ずかしくて穴《あな》に入《はい》りたくなりますよ」

「穴《あな》に入《はい》りたければ入《はい》りゃいいんだよ」イチローはあっさりと言《い》い返《かえ》しました。

母親《ははおや》はすぐに言《い》いました。

「電車《でんしゃ》に乗《の》るときにみんな並《なら》んでいるのに、並《なら》んでいる人《ひと》をかき分《わ》けて乗《の》りこんで、空《あ》いている席《せき》に座《すわ》るなんて……」

「並《なら》んでる人《ひと》たちがスマホに夢中《むちゅう》になってて、降《お》りる人《ひと》がいなくなったのに乗《の》ろうとしないから先《さき》に乗《の》ったんだ。そしたら、席《せき》が空《あ》いてたから座《すわ》ったんだ」

「杖《つえ》をついたお年寄《としよ》りが前《まえ》にいても、スマホに目《め》を向《む》けてて席《せき》を譲《ゆず》らないし……」

「近《ちか》くに空《あ》いている席《せき》があるのに座《すわ》らないんで、座《すわ》ってたんだ」

「駅《えき》のエレベーターに乗《の》るときに、ベビーカーを押《お》している人《ひと》が二人《ふたり》もいたのに、先《さき》に乗《の》りこんで……」

「エレベーターの前《まえ》でベビーカーを二台並《にだいなら》べておしゃべりに夢中《むちゅう》になってて、エレベーターがきても乗《の》らないんで先《さき》に乗《の》ったんだ」

「大《おお》きな荷物《にもつ》をいくつも持《も》っている人《ひと》を押《お》しのけて駅《えき》のエスカレーターに乗《の》ったでしょ」

「一人《ひとり》では持《も》ちきれないほど大《おお》きな荷物《にもつ》を三《みっ》つも持《も》ってて、あれじゃ荷物《にもつ》と一緒《いっしょ》に乗《の》れないよ。混《こ》んでるときには客《きゃく》のほうを先《さき》に乗《の》せるべきだよ」

「駅《えき》の人混《ひとご》みの中《なか》でスマホを見《み》ていて人《ひと》にぶつかって、お母《かあ》さん、謝《あやま》ったのよ」

「スマホのラインの仲間《なかま》から連絡《れんらく》が入《はい》ったんだ。すぐに応《こた》えないと仲間外《なかまはず》れにされるんだ。僕《ぼく》がいじめにあってもいいの？」

イチローの口答《くちごた》えに、母親《ははおや》はイライラした声《こえ》を発《はっ》しました。

「ああ言《い》えばこう言《い》う。こう言《い》えばああ言《い》う。よくまあそんなに次《つぎ》から次《つぎ》へと口答《くちこた》えができるわね。もうイチローとはぜったいに外出《がいしゅつ》しません」

「いいよ、僕《ぼく》から頼《たの》んだわけじゃないから」

イチローがそう言《い》ってリビングルームから出《で》て行《い》こうとしたとき、「待《ま》ちなさい」と言《い》って引《ひ》きとめて言《い》いました。

「いったい誰《だれ》に似《に》てそんな悪《わる》い子《こ》になったの？　初孫《はつまご》でおじいちゃんとおばあちゃんが甘《あま》やかせたのがいけなかったんです」

「亡《な》くなったおじいちゃんとおばあちゃんの悪口《わるぐち》、言《い》わないで。大好《だいす》きだったんだから。僕《ぼく》はお父《とう》さんとお母《かあ》さんの子《こ》だから、二人《ふたり》に似《に》たんだと思《おも》うよ」

「お父《とう》さんもお母《かあ》さんも子供《こども》のときは親《おや》の教《おし》えを守《まも》って正《ただ》しく生《い》きてきました」

母親《ははおや》はここまで言《い》って、いちだんと声《こえ》を強《つよ》めて言《い》いました。

「お父《とう》さんと相談《そうだん》してからと思《おも》っていたけど、昨日《きのう》担任《たんにん》の先生《せんせい》に呼《よ》び出《だ》されたのよ。なんでも、イチローが中心《ちゅうしん》となって五人《ごにん》の仲間《なかま》でいじめをしていて、やめるように言《い》っても、言《い》うことをきかないそうね」

「いじめなんて、ケチなことはしてないよ。あいつらが悪《わる》いことをするから懲《こ》らしめてやったんだ。みんなから感謝《かんしゃ》されてるよ」

母親《ははおや》はイチローが言葉《ことば》を切《き》るのを待《ま》っていたかのように言《い》いました。

「それと、学校《がっこう》で禁止《きんし》されている校庭《こうてい》の木《き》に登《のぼ》って、以前《いぜん》男《おとこ》の子《こ》の格好《かっこう》をしていると言《い》ってイチローがからかったことがある女《おんな》の子《こ》に木《き》の上《うえ》からオシッコをかけたそうね」

「あれかっ。女《おんな》の子《こ》が男《おとこ》の子《こ》の格好《かっこう》をしてるのはなんとなく気《き》にはなるけど、だからって、オシッコをかけたりしないよ。木《き》に登《のぼ》ったらオシッコしたくなって、チビリそうに

なったからオシッコをしたんだ。そしたら、下《した》にあの子《こ》がいただけなんだ」

母親《ははおや》はなげきのこもった声《こえ》で言《い》いました。

「イチローと話《はな》していると、ほんとうに気《き》が狂《くる》いそうになるわ。いつも言《い》ってるでしょ。こんな悪《わる》いことばかりしていると、地獄《じごく》に落《お》ちるのよ。反省《はんせい》して良《よ》い子《こ》になれば地獄《じごく》に行《い》かなくてもすんだかもしれないけど、もう手遅《ておく》れよ。お母《かあ》さんは知《し》らないから」

「地獄《じごく》なんてありゃしないよ。行《い》ったこともないくせに」

母親《ははおや》はよく天国《てんごく》と地獄《じごく》の話《はなし》をしていました。母親《ははおや》の説明《せつめい》はこうでした。

人間《にんげん》は死《し》ぬと「あの世《よ》」に行きます。「あの世《よ》」には天国《てんごく》と地獄《じごく》があって、生《い》きているときに良《よ》いことをした人《ひと》は天国《てんごく》という素晴《すば》らしいところに、悪《わる》いことをした人《ひと》は地獄《じごく》という恐《おそ》ろしいところに連《つ》れて行《い》かれるそうです。

地獄《じごく》は人《ひと》を苦《くる》しい目《め》にあわせるところで、悪《わる》いことの種類《しゅるい》によっていろいろと違《ちが》った苦痛《くつう》が与《あた》えられるそうです。最《もっと》も悪《わる》いことをした人《ひと》は、お湯《ゆ》が煮《に》えたぎっている大《おお》きな釜《かま》の中《なか》に放《ほお》りこまれたり、針《はり》が生《は》えている山《やま》を裸足《はだし》で歩《ある》かされたり、毎日《まいにち》ムチで打《う》たれたりする目《め》にもあわされるそうです。

天国《てんごく》は平和《へいわ》でのんびりと過《す》ごせるところで、好《す》きな物《もの》を腹《はら》いっぱい食《た》べ、なにもしたくなければなにもしないで過《す》ごしても誰《だれ》にも文句《もんく》を言《い》われないところだそうです。遊《あそ》び道具《どうぐ》がなんでも揃《そろ》っていて、いつでも好《す》きなだけ遊《あそ》ぶことができるそうです。

母親《ははおや》がなにかにつけて天国《てんごく》と地獄《じごく》の話《はなし》をするので、あるときはイチローは言《い》い返《かえ》しました。

「天国《てんごく》も地獄《じごく》も死《し》んだ人間《にんげん》が行《い》くところでしょ。僕《ぼく》はまだ小学生《しょうがくせい》なんで、死《し》ぬなんて考《かんが》える必要《ひつよう》はないんだ。でも、お母《かあ》さんは僕《ぼく》よりずっと年《とし》をとってるんで、死《し》んだ後《あと》のことが気《き》になるんだよ」

そんなとき、母親《ははおや》はむきになって言葉《ことば》を返《かえ》してきました。

「お母《かあ》さんは良《よ》いことばかりしてきたんで、いつ死《し》んでも必《かなら》ず天国《てんごく》に行《い》くから安心《あんしん》です。でも、イチローは悪《わる》いことばかりしているので、子供《こども》なのに生《い》きたまま地獄《じごく》に連《つ》れて行《い》かれるのではないかと心配《しんぱい》しているんです」

「地獄《じごく》は子供《こども》でも平気《へいき》でいじめるの？」

「あたりまえでしょ。悪《わる》いことをした人《ひと》は、大人《おとな》も子供《こども》も関係《かんけい》ないんです。だから、お母《かあ》さんは何度《なんど》も注意《ちゅうい》しているんです」

母親《ははおや》がいつも地獄《じごく》の話《はなし》を持《も》ち出《だ》すので、イチローは学校《がっこう》で友達《ともだち》に「僕《ぼく》のお母《かあ》さんはいつも天国《てんごく》とか地獄《じごく》の話《はなし》をするけど、みんなもそうなの？」ときいたことがありました。

すると、友達《ともだち》は答《こた》えました。

「勉強《べんきょう》しないと良《よ》い中学《ちゅうがく》、良《よ》い高校《こうこう》、良《よ》い大学《だいがく》に入《はい》れないといつも言《い》ってるけど、天国《てんごく》とか地獄《じごく》の話《はなし》は聞《き》いたことないよ」

☆　☆　☆

イチローは一人《ひとり》で飛行機《ひこうき》に乗《の》りこんでいました。昨年家族《さくねんかぞく》で沖縄《おきなわ》に旅行《りょこう》したときに飛行機《ひこうき》に乗《の》ったことがあり、自分《じぶん》の席《せき》に行《い》こうとすると、制服《せいふく》を着《き》た若《わか》い女性《じょせい》が声《こえ》をかけてきて案内《あんない》してくれました。飛行機《ひこうき》にはお年寄《としよ》りにまざって、若《わか》い人《ひと》もおおぜい乗《の》っています。

座席《ざせき》に座《すわ》ってしばらくすると、機内《きない》に女性《じょせい》の声《こえ》がひびきました。

「本日《ほんじつ》は天国体験《てんごくたいけん》ツアーの特別便《とくべつびん》にご搭乗《とうじょう》いただき、まことにありがとうございます。この飛行機《ひこうき》は間《ま》もなく出発《しゅっぱつ》いたします。みなさま座席《ざせき》のベルトをお締《し》めください」

イチローが座席《ざせき》のベルトを締《し》め、窓《まど》から外《そと》の景色《けしき》を眺《なが》めていると、飛行機《ひこうき》は動《うご》き出《だ》しました。

しばらくすると機内《きない》に女性《じょせい》の声《こえ》がひびきました。

「間《ま》もなく離陸《りりく》いたします。もう一度《いちど》お座席《ざせき》のベルトをご確認《かくにん》ください」

飛行機《ひこうき》はしだいに速度《そくど》を増《ま》して行《ゆ》きました。そして、間《ま》もなく背中《せなか》が座席《ざせき》の背《せ》に軽《かる》く押《お》しつけられる感《かん》じを覚《おぼ》え、フワッと浮《う》かびあがりました。そのとたん、イチローは意識《いしき》がなくなりました。

☆

☆

☆

目《め》を開《あ》けると、まぶしいほどの明《あか》るさが目《め》に入《はい》ってきて、思《おも》わず目《め》を閉《と》じました。し

ばらくして少《すこ》しずつ目《め》を開《あ》けると、すぐに目《め》も明《あか》るさになれてきました。空《そら》は雲《くも》一《ひと》つなく透《す》きとおって青《あお》くすみわたっています。甘《あま》い心地《ここち》よい香《かお》りにあたりを見《み》まわすと、色《いろ》とりどりの花々《はなばな》が心《こころ》から楽《たの》しげに微笑《ほほえ》んでいます。

目《め》を上《あ》げて前方《ぜんぽう》を見《み》ると、シンデレラ物語《ものがたり》の絵本《えほん》で見《み》たことがある王子《おうじ》さまの大《おお》きなお城《しろ》が建《た》っていました。先《さき》がとがった何本《なんぼん》もの大《おお》きな塔《とう》がそびえ立《た》っています。

お城《しろ》に向《む》けてまっすぐに広《ひろ》い道《みち》がつづいていて、一列《いちれつ》に並《なら》んで入口《いりぐち》に向《む》かっていました。列《れつ》の先頭《せんとう》には、青《あお》い旗《はた》を掲《かか》げたまっ白《しろ》な長《なが》い服《ふく》を着《き》た女性《じょせい》がいて、列《れつ》はその女性《じょせい》の後《あと》について行《い》きました。

お城《しろ》に近《ちか》づくにつれお城《しろ》の白《しろ》い壁《かべ》が迫《せま》ってきて、引《ひ》き返《かえ》そうとすると壁《かべ》に取《と》りかこまれそうな感《かん》じを覚《おぼ》えました。

入口《いりぐち》の門《もん》をくぐって中《なか》に入《はい》ると、まるで天《てん》までつづいているような高《たか》い天井《てんじょう》が広《ひろ》が

り、天井《てんじょう》の一点《いってん》から細《ほそ》くて長《なが》い槍《やり》のような光《ひかり》が射《さ》しこんでいます。広間全体《ひろまぜんたい》は薄暗《うすぐら》くて、周囲《しゅうい》の壁《かべ》にはなにかが描《えが》かれているようですが、はっきりとは見《み》えません。

先頭《せんとう》の女性《じょせい》は明《あ》かりを高《たか》くかかげていて、列《れつ》はその明《あ》かりに導《みちび》かれるように進《すす》んで行《い》きました。

しばらく歩《ある》くと、女性《じょせい》の前《まえ》の大《おお》きな扉《とびら》がおもおもしい音《おと》を立《た》てていっぱいに開《ひら》きました。扉《とびら》を抜《ぬ》けて中《なか》に足《あし》を踏《ふ》み入《い》れたとたん、列《れつ》の人々《ひとびと》からいっせいに「ホッー」という、驚《おどろ》きと感激《かんげき》の声《こえ》があがりました。

どこまでつづいているかわからないほど大《おお》きな広間《ひろま》で、天井《てんじょう》からは大小《だいしょう》さまざまなダイヤを無数《むすう》にちりばめたシャンデリアが数《かぞ》えきれないほどたくさん下《さ》がっています。シャンデリアに目《め》を向《む》けると、その輝《かがや》きに目《め》がくらみそうになりました。

壁《かべ》や天井《てんじょう》にはこれまで見《み》たことがないほど美《うつく》しい景色《けしき》が描《えが》かれています。絵《え》というよ

りは、まさに生《い》きている自然《しぜん》のように草木《くさき》がそよ風《かぜ》に吹《ふ》かれてゆったりと揺《ゆ》れ、川《かわ》は心地《ここち》よい瀬音《せおと》を奏《かな》でながら流《なが》れています。壁《かべ》にそった床《ゆか》の上《うえ》には、まるで生《い》きている人間《にんげん》のように精巧《せいこう》に彫《ほ》られた美《うつく》しいしぐさの彫刻《ちょうこく》がたくさん並《なら》べられています。男性《だんせい》や女性《じょせい》の彫刻《ちょうこく》、数人《すうにん》の男女《だんじょ》が集《あつ》まった彫刻《ちょうこく》などといろいろとありますが、いずれも心《こころ》から平和《へいわ》で平穏《へいおん》な美《うつく》しい微笑《ほほえ》みを浮《う》かべています。まるで隣《となり》どうしの彫刻《ちょうこく》と心《こころ》から楽《たの》しく話《はなし》をしているようです。

全員《ぜんいん》が広間《ひろま》の中央《ちゅうおう》に立《た》って見《み》とれていると、どこからともなく五人《ごにん》の女性《じょせい》が現《あらわ》れました。女性《じょせい》たちを見《み》たとき、イチローはすぐに絵本《えほん》で見《み》たことがある妖精《ようせい》の姿《すがた》を思《おも》い浮《う》かべました。肌《はだ》の色《いろ》や長《なが》い髪《かみ》の色《いろ》はそれぞれ違《ちが》いますが、これまで見《み》たことがないほどの美《うつく》しい顔立《かおだ》ちに甘《あま》い微笑《ほほえ》みを浮《う》かべ、透《す》きとおるような薄《うす》いまっ白《しろ》な布《ぬの》を重《かさ》ねた足元《あしもと》までの長《なが》い服《ふく》を着《き》ています。

一人《ひとり》の妖精《ようせい》がぬくもりのこもった美《うつく》しいひびきのある声《こえ》で言《い》いました。

「本日《ほんじつ》は天国体験《てんごくたいけん》ツアーにご参加《さんか》いただき、ありがとうございます。天国《てんごく》での滞在中《たいざいちゅう》、私《わたし》どもがお世話《せわ》させていただきますのでよろしくお願《ねが》いいたします。これからみなさまが宿泊《しゅくはく》されるお部屋《へや》へと案内《あんない》させていただきます。すべて個室《こしつ》で、ご夫婦《ふうふ》の方《かた》、パートナーの方《かた》はご一緒《いっしょ》の部屋《へや》に入《はい》っていただきます」

ここまで言《い》って全員《ぜんいん》に目《め》をやり、少《すこ》し間《ま》を置《お》いてから話《はなし》をつづけました。

「本日《ほんじつ》の予定《よてい》ですが、午後六時《ごごろくじ》からみなさま用《よう》のレストランでお食事《しょくじ》をとっていただくまではすべて自由時間《じゆうじかん》です。お城《しろ》の中《なか》を見学《けんがく》したり、お庭《にわ》に出《で》て自然《しぜん》の景色《けしき》を思《おも》うぞんぶんに楽《たの》しまれることをおすすめします。みなさまがおられるところは常《つね》にわかっておりますので、迷子《まいご》になる心配《しんぱい》はございません。時間《じかん》になればお迎《むか》えにまいります」

妖精《ようせい》たちはすべての参加者《さんかしゃ》の名前《なまえ》を知《し》っていて、各人《かくじん》が担当《たんとう》する人《ひと》の名前《なまえ》を呼《よ》んで、五《いつ》つの組《くみ》に分《わ》かれて部屋《へや》に案内《あんない》されました。

妖精《ようせい》に案内《あんない》されて部屋《へや》に向《む》かいながら、イチローの全身《ぜんしん》にはワクワクした気持《きも》ちがあふれ出《で》てきて妖精《ようせい》に話《はな》しかけました。

「天国《てんごく》ではほかの人《ひと》に邪魔《じゃま》されないで好《す》きなことがなんでもできるんでしょ?」

「そうです」妖精《ようせい》は答《こた》えました。

「それならば、部屋《へや》にはいろいろなゲームが置《お》いてあるんでしょ?」

「天国《てんごく》はなにも考《かんが》えずになんの心配《しんぱい》もなく平和《へいわ》で穏《おだや》かな時間《じかん》を過《す》ごすところです。ゲームとか人間世界《にんげんせかい》での遊《あそ》び道具《どうぐ》はいっさいございません」

妖精《ようせい》の答《こた》えにイチローはがっかりしましたが、(そうは言《い》っても、必《かなら》ずなにか遊《あそ》び道具《どうぐ》があるはずだ)と思《おも》いながら部屋《へや》に向《むか》いました。

案内《あんない》されて部屋《へや》に入《はい》ると、すぐにゆったりとした豪華《ごうか》なベッドが目《め》に入《はい》りました。

一人《ひとり》になり、クローゼットの中《なか》になにかあるにちがいないと思《おも》って開《あ》けてみると、洋服《ようふく》が掛《か》けてあるだけでした。持《も》ってきたスマホを開《ひら》くと、「圏外《けんがい》」との表示《ひょうじ》が出《で》ていて使《つか》えません。

なにもすることがなく窓《まど》から外《そと》を見《み》ると、心《こころ》がふるえだすような美《うつく》しい景色《けしき》が広《ひろ》がっていました。イチローは景色《けしき》に引《ひ》きつけられるように部屋《へや》から出《で》ました。外《そと》の廊下《ろうか》は迷路《めいろ》のようでしたが誰《だれ》かに誘導《ゆうどう》されているかのように庭園《ていえん》への出口《でぐち》にたどり着《つ》きました。

庭園《ていえん》に出《で》ると、道《みち》の両側《りょうがわ》には、これまで見《み》たことがない大小《だいしょう》さまざまな花々《はなばな》が、まるで優《やさ》しく微笑《ほほえ》みかけるように花《はな》びらを広《ひろ》げて咲《さ》いています。花《はな》の色《いろ》もこれまで見《み》たことがないような色《いろ》で、まるで青空《あおぞら》を切《き》りとって花《はな》びらにしたような色《いろ》の花《はな》もあります。これまで見《み》たことも食《た》べたこともない果物《くだもの》もたわわに実《みの》っています。見《み》るからに美味《おい》しそうなリンゴを一《ひと》つとって食《た》べたい気持《きも》ちにかられて手《て》を出《だ》しましたが、天国《てんごく》の果物《くだもの》を断《ことわ》りもなく食《た》べるとなにか悪《わる》いことが起《お》きるような気《き》がして手《て》を引《ひ》っこめました。

突然《とつぜん》、「イチロー」と呼《よ》びかける懐《なつ》かしい声《こえ》が聞《き》こえ、イチローは立《た》ち止《ど》まってあたりを見《み》まわしました。しかし、誰《だれ》もいません。

また、「イチロー」と呼《よ》ぶ声《こえ》が聞《き》こえました。イチローはまたあたりを見《み》まわしましたが、誰《だれ》もいません。しかし、全身《ぜんしん》にはなんとなく人《ひと》の気配《けはい》を感《かん》じました。

「イチロー、久《ひさ》しぶりだね」、「天国《てんごく》でイチローに会《あ》えるとは思《おも》わなかったよ」

その声《こえ》は、亡《な》くなったおじいちゃんとおばあちゃんの声《こえ》です。イチローは見《み》えない相手《あいて》に向《む》かって話《はな》しかけました。

「おじいちゃんとおばあちゃんでしょ？」

「そうだよ」おじいちゃんの声《こえ》です。「人間世界《にんげんせかい》から天国《てんごく》への体験《たいけん》ツアーが来《く》ると聞《き》いて、もしやと思《おも》って参加者《さんかしゃ》の名簿《めいぼ》を見《み》るとイチローの名前《なまえ》があったんだよ。どうしても会《あ》い

たくなって、許可《きょか》をもらってこうして会《あ》いに来《き》たんだ」

「姿《すがた》を見《み》せてよ」イチローはあたりを見《み》まわしながら言《い》いました。

「死《し》ぬと透明《とうめい》な姿《すがた》になるんだよ。天国《てんごく》にいる者《もの》どうしには見《み》えるけど、生《い》きている人間《にんげん》には見《み》えないんだ。これからずっと先《さき》のことになるけど、イチローも年《とし》をとって死《し》んで天国《てんごく》に来《く》れば、お互《たが》いに姿《すがた》が見《み》えて話《はなし》もできるようになる。そのときを楽《たの》しみに待《ま》っているよ」おじいちゃんの声《こえ》でした。

「もう二年《にねん》になるけど、体《からだ》も大《おお》きく成長《せいちょう》してたくましくなったわね」おばあちゃんの声《こえ》です。

「元気《げんき》そうで安心《あんしん》しました。あい変《か》わらずやんちゃなことをして親《おや》を困《こま》らせているんでしょ。それが心配《しんぱい》で……」

「それでいい」おじいちゃんの声《こえ》です。「子供《こども》のときは思《おも》い切《き》って自分《じぶん》のやりたいこと、自分《じぶん》がこうだと思《おも》ったことをすればいい。親《おや》であろうと、学校《がっこう》の先生《せんせい》であろうと、言《い》いなりになるような弱《よわ》い子《こ》にはならないようにがんばるんだよ。イチローにはおじいちゃんとおばあちゃんがついているからだいじょうぶだ」

イチローは目《め》をいっぱいに見開《みひら》いて前《まえ》を見詰《みつ》めて言《い》いました。

「うん、がんばるよ。僕《ぼく》はおじいちゃんとおばあちゃんが大好《だいす》きなんだ」

「時間《じかん》がきたようだ」おじいちゃんの声《こえ》です。「私《わたし》たちもイチローが大好《だいす》きで……」

おじいちゃんの声《こえ》は途中《とちゅう》で切《き》れました。イチローが「おじいちゃん」と声《こえ》をかけましたが、声《こえ》は戻《もど》ってきませんでした。イチローの全身《ぜんしん》には寂《さび》しさが込《こ》みあげてきました。

イチローはしばらくはその場《ば》に立《た》っていましたが、寂《さび》しさをふっきるかのように歩《ある》き始《はじ》めました。

時間《じかん》のたつのも忘《わす》れ、どこを歩《ある》いているのかもわからずに歩《ある》いていると、妖精《ようせい》がやって来《き》て「そろそろお部屋《へや》に戻《もど》りましょう。夕食《ゆうしょく》の時間《じかん》が迫《せま》ってきています」と声《こえ》をかけてきました。

☆　☆　☆

妖精《ようせい》に案内《あんない》されてレストランに来《く》ると、イチローは入口《いりぐち》で立《た》ち止《ど》まって広間全体《ひろまぜんたい》を見《み》まわしました。大広間《おおひろま》と同《おな》じように、高《たか》い天井《てんじょう》から豪華《ごうか》なシャンデリアがいくつも垂《た》れ下《さ》がって広間全体《ひろまぜんたい》を明《あか》るく照《て》らしています。広間《ひろま》の中央《ちゅうおう》には長《なが》くて幅《はば》の広《ひろ》いテーブルが置《お》かれていて、もうほとんどの人《ひと》が座《すわ》っています。左側《ひだりがわ》は一面《いちめん》ガラス張《ば》りになっていて、照明《しょうめい》で明《あか》るく照《て》らし出《だ》された庭園《ていえん》が浮《う》かびあがっています。正面《しょうめん》と右側《みぎがわ》の壁《かべ》の上部《じょうぶ》には、お花畑《はなばたけ》の上《うえ》を飛《と》びかうたくさんの幼《おさな》い天使《てんし》が描《えが》かれ、その下《した》には料理《りょうり》が入《はい》っていると思《おも》われる金色《きんいろ》や銀色《ぎんいろ》の容器《ようき》がずらりと並《なら》んで置《お》かれています。

イチローが席《せき》についていて目《め》の前《まえ》を見《み》ると、フォーク、ナイフ、スプーンのほか箸《はし》も置《お》かれていて、透明《とうめい》に輝《かがや》くグラスも四《よっ》つ置《お》かれています。目《め》を上《あ》げて前《まえ》の席《せき》を見《み》ると、両親《りょうしん》と同《おな》じくらいの歳《とし》の男女《だんじょ》が緊張《きんちょう》した面持《おもも》ちで座《すわ》っています。

すると、一人《ひとり》の若《わか》い妖精《ようせい》が現《あらわ》れて、広間全体《ひろまぜんたい》にひびきわたる声《こえ》で言《い》いました。

「これからお食事《しょくじ》を召《め》しあがっていただきます。人間世界《にんげんせかい》のさまざまな料理《りょうり》が天国《てんごく》の一流《いちりゅう》の料理人《りょうりにん》により調理《ちょうり》されています。自由《じゆう》にお好《す》きな料理《りょうり》をとってお召《め》しあがりください。お料理《りょうり》はみなさまのお好《この》みに合《あ》わせて次《つぎ》から次《つぎ》へとお持《も》ちしますので、急《いそ》がずにごゆっくりお召《め》しあがりください」

妖精《ようせい》の声《こえ》が切《き》れても、初《はじ》めは立《た》ちあがったのは数人《すうにん》だけでしたが、やがて全員《ぜんいん》が立《た》ちあがって料理《りょうり》をとりに行《い》きました。イチローも料理《りょうり》をとりに行《い》き、まずどんな料理《りょうり》があるのか一通《ひととお》り見《み》てまわりました。ふだん家《うち》で食《た》べている料理《りょうり》や、親《おや》と一緒《いっしょ》に出《で》かけたときに店《みせ》で食《た》べた料理《りょうり》もすべてそろっています。しかし、ほとんどの料理《りょうり》は初《はじ》めて見《み》るものでした。料理《りょうり》の前《まえ》には料理《りょうり》の名前《なまえ》や食材《しょくざい》の名前《なまえ》を書《か》いたカードが置《お》かれています。キャビア、白《しろ》トリュフ、黒《くろ》トリュフと書《か》いたカードの前《まえ》には大勢《おおぜい》の人《ひと》が集《あつ》まっていました。

家《いえ》や外《そと》で母親《ははおや》と一緒《いっしょ》に食事《しょくじ》をすると、きらいなニンジン、ピーマンや野菜《やさい》サラダをむりやりに食《た》べさせられ好《す》きな食《た》べ物《もの》はいつも少《すこ》ししか食《た》べさせてくれません。今《いま》はうるさい母親《ははおや》や食事《しょくじ》に口出《くちだ》しをする人《ひと》もいないので、イチローは大好《だいす》きなトンカツ、エビフライ、ハンバーグと次《つぎ》から次《つぎ》へと食《た》べました。

もうこれ以上《いじょう》食《た》べられないほどお腹《なか》いっぱいに食《た》べてから、もう一度《いちど》料理《りょうり》を見《み》に行《い》くと、いつの間《ま》にかケーキがたくさん並《なら》んでいます。これまで見《み》たことがないほど大《おお》きなまっ赤《か》なイチゴがクリームの上《うえ》にいくつものっているケーキを持《も》ってきて食《た》べました。

もう一滴《いってき》の水《みず》も入《はい》らないほどふくらんでいるお腹《なか》にケーキはスイスイと入《はい》って行《い》きました。

食事《しょくじ》が終《お》わり部屋《へや》に戻《もど》りましたが、テレビもパソコンも遊《あそ》び道具《どうぐ》はなにもなく、まったく別《べつ》の世界《せかい》に来《き》た一日《いちにち》の疲《つか》れもあり、すぐにベッドに入《はい》りました。

ぐっすり寝《ね》ていると、部屋全体《へやぜんたい》にひびきわたるチャイムの音《おと》で目《め》を覚《さ》ましました。チャイムが止《と》まると、女性《じょせい》の声《こえ》で「七時《しちじ》になりました。八時《はちじ》から朝食《ちょうしょく》です。お迎《むか》えにまいりますのでお支度《したく》をしてお待《ま》ちください」と話《はな》しかけてきました。

イチローがベッドから起《お》きて支度《したく》をして待《ま》っていると、ドアをノックして若《わか》い妖精《ようせい》が迎《むか》えにきました。妖精《ようせい》について行《ゆ》くと、美《うつく》しい庭園《ていえん》を一望《いちぼう》できる大《おお》きなテラスに出《で》ました。テラスには四人掛《よにんが》けのテーブルがいくつも置《お》かれていて、ほとんどの席《せき》に人《ひと》が座《すわ》っています。案内《あんない》されてイチローは席《せき》につきましたが、昨夜食《さくやた》べ過《す》ぎたせいか食欲《しょくよく》はまったくなく、家《いえ》での朝食《ちょうしょく》で食《た》べる納豆《なっとう》、タマゴ焼《や》き、味噌汁《みそしる》だけで食事《しょくじ》をすませました。朝食《ちょうしょく》が終《お》わって部屋《へや》に戻《もど》り、なにをして時間《じかん》を過《す》ごそうかと考《かんが》えていると、ドアをノックして妖精《ようせい》が入《はい》って来《き》て、「これから教室《きょうしつ》に集《あつ》まっていただきます」と声《こえ》をかけてきました。

（今日《きょう》の予定《よてい》の話《はなし》だろう）と思《おも》って、イチローは妖精《ようせい》の後《あと》について行《い》きました。

案内《あんない》された部屋《へや》に入《はい》ると、学校《がっこう》と同《おな》じように個人用《こじんよう》の机《つくえ》がたくさん並《なら》んでいて、イチローは自分《じぶん》の部屋《へや》と同《おな》じ番号《ばんごう》が書《か》いてある机《つくえ》に案内《あんない》されました。

全員《ぜんいん》が集《あつ》まって席《せき》につくと、学校《がっこう》の教室《きょうしつ》の教壇《きょうだん》のようなところに若《わか》い妖精《ようせい》が立《た》って全員《ぜんいん》に話《はな》しかけました。

「これから質問用紙《しつもんようし》をお配《くば》りします。十《じゅう》の質問《しつもん》に『はい』か『いいえ』のいずれかにマルをつけて答《こた》えていただきます。天国《てんごく》ではすべての人間《にんげん》の産《う》まれてから亡《な》くなるまでの行動《こうどう》や振舞《ふるま》いを記録《きろく》しております。みなさまはまだ生《い》きておられるので、今回《こんかい》の旅行《りょこう》に出発《しゅっぱつ》するまでの記録《きろく》にもとづき質問《しつもん》を作成《さくせい》しております。質問《しつもん》の項目《こうもく》は各人《かくじん》それぞれ違《ちが》いますので、まわりの人《ひと》の答《こた》えを覗《のぞ》きこんでも参考《さんこう》になりません。各人正直《かくじんしょうじき》に答《こた》えてください。質問《しつもん》への回答結果《かいとうけっか》につきましては、後《のち》ほど説明《せつめい》する方法《ほうほう》により採点《さいてん》します。採点《さいてん》にあたり『はい』『いいえ』のいずれにも回答《かいとう》しない項目《こうもく》については、不利《ふり》な採点《さいてん》となりますのでご注意《ちゅうい》ください」

妖精《ようせい》が言葉《ことば》を切《き》ると、どこからともなく数人《すうにん》の妖精《ようせい》が現《あらわ》れ、各人《かくじん》の机《つくえ》の上《うえ》にボールペンと質問用紙《しつもんようし》を配《くば》りました。配《くば》り終《お》わると、壇上《だんじょう》の妖精《ようせい》が「それでは始《はじ》めてください」と声《こえ》をかけました。

イチローは質問用紙《しつもんようし》に目《め》を向《む》けました。大《おお》きな文字《もじ》で十項目《じゅうこうもく》の質問《しつもん》が書《か》かれています。

1. 電車《でんしゃ》やバスなどの乗《の》り物《もの》で、お年寄《としよ》りや体《からだ》の不自由《ふじゆう》な人《ひと》などに席《せき》をゆずります。

はい　いいえ

2. スマホを見《み》ながら歩《ある》いたりしてほかの人《ひと》に迷惑《めいわく》をかけません。

はい　いいえ

3. 困《こま》っている人《ひと》を見《み》たら声《こえ》をかけて手助《てだす》けします。

はい　いいえ

4. 悪口《わるくち》を言《い》ったり、いじわるをしてほかの子《こ》をいじめたりしません。

はい　いいえ

5. いじめを行《おこ》なっている子《こ》を見《み》たら注意《ちゅうい》します。

はい　いいえ

6. 用《よう》があるときには人《ひと》と直接《ちょくせつ》会《あ》って話《はなし》をします。

はい　いいえ

7. テレビ、スマホでのゲームは一日三十分以上《いちにちさんじゅっぷんいじょう》はしません。

はい　いいえ

8. 困《こま》ったことがあったら親《おや》とか大人《おとな》に相談《そうだん》します。

はい　いいえ

9. 誰《だれ》に対《たい》してもウソはつきません。

はい　いいえ

10. 男《おとこ》の子《こ》が女《おんな》の子《こ》の格好《かっこう》をしたり、女《おんな》の子《こ》が男《おとこ》の子《こ》の格好《かっこう》をしても、からかったりしません。

はい　いいえ

イチローは一通《ひとと》り質問《しつもん》を読《よ》みました。すべての質問《しつもん》がお母《かあ》さんやお父《とう》さんから日頃《ひごろ》文句《もんく》を言《い》われていることで、まるでお父《とう》さんかお母《かあ》さんと相談《そうだん》して作《つく》ったような気《き》がしました。すべての質問《しつもん》は、しているときもあるし、していないこともあるものです。「どちらとも言《い》えない」という答《こた》えがあればすぐにそれにマルをつけることができますが、「はい」「いいえ」だけでは答《こた》えることができない質問《しつもん》ばかりです。

イチローは考《かんが》えました。

(質問《しつもん》されていることをいつも必《かなら》ずしているわけではないので「はい」とは答《こた》えることはできない。しかし、時《とき》にはしているのに「いいえ」と答《こた》えれば、まったく行《おこな》っていないことになる。いっそのこと答《こた》えない方《ほう》がいいが、答《こた》えないと採点《さいてん》にあたって不利《ふり》になるという。こんな質問《しつもん》に二《ふた》つのうちどちらかを選《えら》んで答《こた》えさせるという質問《しつもん》のやり方《かた》が間違《まちが》ってるんだ)

イチローは考《かんが》えながら、今《いま》さらなんで天国体験《てんごくたいけん》ツアーの旅行者《りょこうしゃ》にこんな質問《しつもん》をするのか、その目的《もくてき》が気《き》になってきました。お母《かあ》さんからの質問《しつもん》ならば答《こた》え方《かた》によっては、いつものとおり叱《しか》られることになります。しかし、ここは平和《へいわ》な天国《てんごく》なので、お母《かあ》さんのようにガミガミ叱《しか》ったりすることはないと思《おも》いました。それなのにこんな質問《しつもん》に答《こた》えさせるのには、なにか別《べつ》の目的《もくてき》があるのではないかと思《おも》いました。しかも、その目的《もくてき》は一人《ひとり》でも多《おお》くの人《ひと》が天国《てんごく》に来《く》るように、旅行者《りょこうしゃ》を楽《たの》しませるためのものだと思《おも》いました。

そのとき、イチローはふと思《おも》い出《だ》しました。三ヶ月《さんかげつ》ほど前《まえ》、両親《りょうしん》と一緒《いっしょ》に日帰《ひがえ》りのバスツアーに行《い》きました。お寺《てら》や神社《じんじゃ》や植物園《しょくぶつえん》などを巡《めぐ》り、昼食《ちゅうしょく》は焼肉《やきにく》を食《た》べ、夕食《ゆうしょく》には港《みなと》の近《ちか》くの大《おお》きな魚市場《うおいちば》の中《なか》にある食堂《しょくどう》で食事《しょくじ》をしました。食事《しょくじ》が終《お》わったとき、くじ引《び》き大会《たいかい》があり、両親《りょうしん》は外《はず》れましたが、イチローはくじ引《び》きに当《あ》たり、大《おお》きな魚《さかな》の詰《つ》め合《あ》わせをもらいました。今回《こんかい》も旅行《りょこう》であり、この質問《しつもん》はくじ引《び》きのようなもので、「はい」と多《おお》く答《こた》えた人《ひと》にはなにかすばらしいプレゼントがもらえるのではないかと思《おも》いました。

イチローは質問《しつもん》も読《よ》み返《かえ》さずに、すべての質問《しつもん》の「はい」にマルをつけました。書《か》き終《お》わってまわりに目《め》を向《む》けると、ほとんどの人《ひと》が紙《かみ》に目《め》を落《お》として考《かんが》えているようでした。早《はや》く全員《ぜんいん》が書《か》き終《お》わって早《はや》くプレゼントをもらいたいと思《おも》って、何度《なんど》となくあたりを見《み》まわしていました。

イライラしながら待《ま》っていると、妖精《ようせい》が壇上《だんじょう》に立《た》って言《い》いました。

「それでは、これから質問用紙《しつもんようし》を回収《かいしゅう》いたします。これからは自由時間《じゆうじかん》ですので、各自《かくじ》ご自由《じゆう》にお過《す》ごしください。十二時《じゅうにじ》からレストランで昼食《ちゅうしょく》をとり、二時《にじ》にまたこの教室《きょうしつ》に集《あつ》まっていただきます。天国《てんごく》への体験《たいけん》ツアーにはほんの限《かぎ》られた人《ひと》だけしか参加《さんか》できませんので、せっかくの機会《きかい》を有意義《ゆういぎ》にお過《す》ごしください」

質問用紙《しつもんようし》が回収《かいしゅう》され、イチローは教室《きょうしつ》から出《で》て庭園《ていえん》に向《む》かいました。庭園《ていえん》を散歩《さんぽ》しながら、どんなプレゼントがもらえるのか楽《たの》しみで、自分《じぶん》が欲《ほ》しい物《もの》をいろいろと想像《そうぞう》していました。

☆　☆　☆

午後二時《ごごにじ》に全員《ぜんいん》が再《ふたた》び教室《きょうしつ》に集《あつ》まると、若《わか》い妖精《ようせい》が壇上《だんじょう》に現《あらわ》れて口《くち》を開《ひら》きました。

「今日午前中《きょうごぜんちゅう》にご回答《かいとう》いただいた質問《しつもん》につき採点結果《さいてんけっか》が出《で》ましたので、これから各人《かくじん》にご説明《せつめい》します。名前《なまえ》をお呼《よ》びしますので、担当者《たんとうしゃ》から各自個室《かくじこしつ》でお聞《き》きください」

ここまで言《い》っていったん言葉《ことば》を切《き》ると、一通《ひとと》り全員《ぜんいん》を見回《みまわ》してから言葉《ことば》をつづけました。

「質問《しつもん》は各人異《かくじんこと》なる十項目《じゅっこうもく》です。一項目《いちこうもく》につき一点《いってん》で、満点《まんてん》は十点《じゅってん》です。『はい』との答《こた》えには一項目《いちこうもく》につき一点《いってん》が与《あた》えられます。『いいえ』という答《こた》えは一点減点《いってんげんてん》となります。さらに、本当《ほんとう》は『いいえ』なのに『はい』と答《こた》えてウソをついたときには、二点減点《にてんげんてん》されます。『はい』『いいえ』のいずれにも答《こた》えなかった項目《こうもく》は、『どちらとも言《い》えない』から答《こた》えられなかったとも言《い》えますが、その一方《いっぽう》で、自分《じぶん》の考《かんが》え方《かた》を整理《せいり》できないか、また、どちらとも答《こた》えないで他人任《たにんまか》せにしたということで、一項目《いちこうもく》につき二点減点《にてんげんてん》となります。従《したが》って、採点結果《さいてんけっか》は最高《さいこう》で十点《じゅってん》、最《もっと》も悪《わる》い点数《てんすう》はマイナス二十点《にじゅってん》ということになります」

妖精《ようせい》はここで再《ふたた》び言葉《ことば》を切《き》り、少《すこ》し間《ま》を置《お》いてから言《い》いました。

「天国《てんごく》へ入《はい》れる人《ひと》は二《ふた》つのグループに分《わ》かれています。第一《だいいち》のグループは、つねに心正《こころただ》しく、人《ひと》を愛《あい》し、人《ひと》に愛《あい》され、誰《だれ》に対《たい》してもウソをつかずに人《ひと》のためにつくした人々《ひとびと》です。

第二《だいに》のグループは、基本的《きほんてき》には第一《だいいち》のグループの人と同《おな》じ生《い》き方《かた》をしていますが、やむを得《え》ない事情《じじょう》はあるものの、何度《なんど》かほかの人《ひと》を犠牲《ぎせい》にして自分《じぶん》だけのことを考《かんが》えて過《す》ごしたことがある人《ひと》たちです。第一《だいいち》のグループの人々《ひとびと》はすぐに天国《てんごく》に入《はい》り、平和《へいわ》で平穏《へいおん》な日々《ひび》を過《す》ごすことができます。しかし、第二《だいに》のグループの人《ひと》は、自分《じぶん》が犯《おか》した過《あやま》ちを心《こころ》から反省《はんせい》し、もう二度《にど》と過《あやま》ちを犯《おか》さないように修行《しゅぎょう》してから天国《てんごく》に入《はい》ることができます。天国《てんごく》に入《はい》る条件《じょうけん》を満《み》たしていない人《ひと》と、天国《てんごく》で修行《しゅぎょう》しても過《あやま》ちから立《た》ち直《なお》れない人《ひと》は、地獄《じごく》に落《お》ちます。天国《てんごく》は常《つね》に平和《へいわ》で平穏《へいおん》で全員《ぜんいん》が安心《あんしん》して過《す》ごすことができる国《くに》です。みなさまは体験《たいけん》ツアーの旅行者《りょこうしゃ》で天国《てんごく》の住人《じゅうにん》ではありませんが、旅行者《りょこうしゃ》といえども天国《てんごく》の秩序《ちつじょ》を乱《みだ》すおそれがある人《ひと》をいつまでも天国《てんごく》に置《お》いておくわけにはいきません」

ここまで言《い》って、時間《じかん》をかけて全員《ぜんいん》に目《め》をやりました。教室全体《きょうしつぜんたい》に深《ふか》い沈黙《ちんもく》が広《ひろ》がったとき、再《ふたた》び口《くち》を開《ひら》きました。

「みなさまの採点結果《さいてんけっか》ですが、十点《じゅってん》を取《と》った方《かた》は天国《てんごく》の第一《だいいち》グループ、九点《きゅうてん》と八点《はってん》の方《かた》は天国《てんごく》の第二《だいに》グループに入《はい》れます。体験《たいけん》ツアーということで、五点以上《ごてんいじょう》の方《かた》は天国《てんごく》での旅行《りょこう》をこのまま予定《よてい》どおりつづけることができます。四点以下《よんてんいか》の方《かた》は地獄《じごく》行きということで、もうこれ以上天国《いじょうてんごく》での旅行《りょこう》をつづけることができません。明日《あす》からの予定《よてい》を中止《ちゅうし》して人間世界《にんげんせかい》に戻《もど》っていただきます。それでは、順番《じゅんばん》にお名前《なまえ》をお呼《よ》びして個室《こしつ》にご案内《あんない》します」

名前《なまえ》を呼《よ》ばれた人《ひと》は緊張《きんちょう》した様子《ようす》で立《た》ち上《あ》がって、案内《あんない》する妖精《ようせい》の後《あと》について教室《きょうしつ》から出《で》て行《い》きました。

イチローは名前《なまえ》が呼《よ》ばれるまでいろいろと考《かんが》えていました。

（すべて『はい』と答《こた》えたので十点《じゅってん》がもらえて、明日《あした》からも天国《てんごく》の旅《たび》をつづけられるはずだ。だが、すべての質問《しつもん》が『どちらとも言《い》えない』ことばかりで、本当《ほんとう》は『いいえ』

と答《こた》えたほうがいいのに『はい』と答《こた》えたので、マイナス十点《じゅってん》、もしかするとマイナス二十点《にじゅってん》にされるかもしれない。そうなると明日《あした》からの旅行《りょこう》ができなくなるが、それでもいい。文句《もんく》を言《い》う人《ひと》はいず、自由《じゆう》に過《す》ごせて、食事《しょくじ》も美味《おい》しものを好《す》きなだけ食《た》べられるが、ゲームもできず、こんなところに長《なが》くいると退屈《たいくつ》であくびが出《で》てくる……)。

イチローがいろいろと考《かんが》えている間《あいだ》にも、次《つぎ》から次《つぎ》へと呼《よ》ばれて教室《きょうしつ》から出《で》て行《ゆ》きました。

教室《きょうしつ》に残《のこ》っている人《ひと》はしだいに少《すく》なくなり、イチローはイライラした気持《きも》ちにかられてきました。そうこうしているうちに、教室《きょうしつ》に残《のこ》っているのはイチロー一人《ひとり》となりました。

不安《ふあん》をおぼえながら待《ま》っていると、母親《ははおや》ぐらいの年《とし》に見《み》える妖精《ようせい》が現《あらわ》れて名前《なまえ》を呼《よ》ばれました。イチローはすぐに立《た》ちあがって妖精《ようせい》の後《あと》について行《い》きました。

白《しろ》い壁《かべ》に囲《かこ》まれた長《なが》い廊下《ろうか》をとおり、何度《なんど》となく右《みぎ》、左《ひだり》へと廊下《ろうか》を曲《ま》がります。妖精《ようせい》の後《あと》についていて行《ゆ》くと、イチローはなにかいやな予感《よかん》におそわれてきました。

廊下《ろうか》の突《つ》きあたりにある部屋《へや》まで来《く》ると妖精《ようせい》はドアを開《あ》け、イチローは導《みちび》かれるままに部屋《へや》に入《はい》りました。部屋《へや》はまっ白《しろ》な壁《かべ》で囲《かこ》まれていて、天井近《てんじょうちか》くにあるいくつかの小《ちい》さな窓《まど》から明《あ》かりが射《さ》しこんでいます。部屋全体《へやぜんたい》がうす暗《ぐら》く、ぶきみな感《かん》じをかもし出《だ》しています。部屋《へや》の中《なか》には椅子《いす》が向《む》かい合《あ》って置《お》かれているだけで、ほかになにもありません。

妖精《ようせい》はドアを閉《し》めると、「椅子《いす》に座《すわ》りなさい」と命令《めいれい》するように言《い》いました。

イチローが椅子《いす》に座《すわ》ると、妖精《ようせい》はイチローと向《む》かって座《すわ》って言《い》いました。

「あなたはすべての質問《しつもん》に『いいえ』と答《こた》えるべきなのに『はい』と答《こた》えました」

イチローは（やっぱり）と思《おも》って、すぐに日帰《ひがえ》りバスツアーでのくじ引《び》きのプレゼン

トの話《はなし》をしました。そして、「あの質問《しつもん》も旅行中《りょこうちゅう》の遊《あそ》びで、すべて『はい』と答《こた》えると
プレゼントをもらえると思《おも》ったんだ」と言《い》って、妖精《ようせい》と目《め》を合《あ》わせました。

「ここは天国《てんごく》です」妖精《ようせい》はすぐに言葉《ことば》を返《かえ》しました。「質問《しつもん》には正直《しょうじき》に答《こた》えるように注意《ちゅうい》しています。単《たん》なる気楽《きらく》なツアーのような空気《くうき》に踊《おど》らされ、かってな想像《そうぞう》をしてウソをつくようなことは天国《てんごく》では許《ゆる》されません」

イチローはたしょうむきになって言《い》い返《かえ》しました。

「しょうがないじゃないか。僕《ぼく》はすべての質問《しつもん》で、まったくやっていないわけではなく、やるときもやらないときもあるので、『どちらとも言《い》えない』という答《こた》えがなかったので『はい』と答《こた》えただけなんだ。質問《しつもん》のやり方《かた》が悪《わる》いんだ」

「いつもそのとおりしている人《ひと》だけが『はい』と答《こた》えられるのです。『どちらとも言《い》えない』は『いいえ』ということです」

「それなら、初《はじ》めにそう説明《せつめい》すればよかったんだよ」

「天国《てんごく》での質問《しつもん》だけではなく、人間世界《にんげんせかい》での質問《しつもん》でもそういうことになっているはずです。人間《にんげん》の世界《せかい》で『どちらとも言《い》えない』と答《こた》える人《ひと》が『いいえ』と答《こた》えずに、その場《ば》の雰囲気《ふんいき》や自分《じぶん》の利益《りえき》だけを考《かんが》えて『はい』と答《こた》えたために、紛争《ふんそう》による殺《ころ》し合《あ》いとかの数々《かずかず》の悲劇《ひげき》を人間《にんげん》にもたらしています。これから勉強《べんきょう》すれば、これまでに起《お》きた数々《かずかず》の不幸《ふこう》を知《し》ることになるのでしょう。でも、そんな不幸《ふこう》を知《し》らない子供《こども》であっても、自分《じぶん》にウソをつくことは許《ゆる》されません」

イチローはイライラした気持《きも》ちにかられて強《つよ》く言《い》い返《かえ》しました。

「たかがお母《かあ》さんが普段《ふだん》ガタガタ言《い》ってるくだらない問題《もんだい》だよ。そんな問題《もんだい》にどう答《こた》えるかによってほかの人《ひと》の命《いのち》にかかわるようなことは起《お》きないよ。おおげさなんだよ」

「どんな質問《しつもん》に対《たい》しても、大人《おとな》であれ子供《こども》であれ、正直《しょうじき》に答《こた》えるのが人間社会《にんげんしゃかい》の基本的《きほんてき》なルールなのです。天国《てんごく》だけのルールではありません」

「わかったよ。すべて『いいえ』なんでマイナス十点《じゅってん》でいいよ」

イチローはふてくされて言《い》いました。

「ウソをついて答《こた》えたので、マイナス二十点《にじゅってん》となります。こんなに悪《わる》い点数《てんすう》をとった人《ひと》はほかにいません」

イチローはもう話《はな》してもムダだと思《おも》い、言《い》い返《かえ》しました。

「わかったよ。旅行《りょこう》を中止《ちゅうし》して、明日帰《あすかえ》ればいいんだろ」

妖精《ようせい》は静《しず》かに言《い》いました。

「マイナス二十点《にじゅってん》をとったとなると、人間世界《にんげんせかい》にも戻《もど》すことはできません。人間世界《にんげんせかい》にも戻《もど》せないとなると、地獄《じごく》に行《い》ってもらう以外《いがい》にありません」

イチローは声《こえ》を高《たか》めて怒《いか》りをこめて言《い》いました。

「質問《しつもん》されていることを必《かなら》ずしもしないときがあったのには僕《ぼく》には僕《ぼく》の理由《りゆう》があるんだ！　それも聞《き》かないで一方的《いっぽうてき》に決《き》めつけるなんて、いじめじゃないか！　天国《てんごく》にもいじめがあるんだ！」

「もうなにを言《い》っても手遅《ておく》れです。地獄《じごく》を支配《しはい》しているエンマ大王《だいおう》さまに連絡《れんらく》して、とりあえず地獄《じごく》で引《ひ》きとってもらうことになりました。あなたを最終的《さいしゅうてき》にどう扱《あつか》うかは地獄《じごく》が決《き》めることです」

イチローは大声《おおごえ》で叫《さけ》びました。

「地獄《じごく》へなんか絶対《ぜったい》に行《い》くもんか！　明日《あす》帰《かえ》る人《ひと》たちと一緒《いっしょ》に帰《かえ》る……」

ここまで言《い》ったとき、妖精《ようせい》が立《た》ち上《あ》がりイチローの目《め》の前《まえ》に手《て》をかざしました。そのとたん、イチローの意識《いしき》は消《き》え去《さ》りました。

☆　☆　☆

目《め》を開《あ》けると、ひんやりとする部屋《へや》の中《なか》にいました。人《ひと》の気配《けはい》はなく、おそるおそる見《み》まわすと、壁《かべ》はごつごつした岩《いわ》で出来《でき》ていて、岩《いわ》と岩《いわ》の隙間《すきま》から水《みず》がしたたり落《お》ちています。天井《てんじょう》に目《め》を向《む》けると、同《おな》じような岩《いわ》で出来《でき》ていて、ところどころ穴《あな》が開《あ》いていて薄暗《うすぐら》い光《ひかり》が射《さ》しこんでいます。天井《てんじょう》のいたるところから水滴《すいてき》が落《お》ちていて、それが岩《いわ》の床《ゆか》に当《あ》たってはね返《かえ》っています。

いつ、どうやってこんなところに連《つ》れて来《こ》られたのか思《おも》い出《だ》そうとしましたが、頭《あたま》の中《なか》は恐怖《きょうふ》で占領《せんりょう》されていて、なにも思《おも》い出《だ》すことができません。しかし、しばらくすると気持《きも》ちもしだいに落《お》ちついてきて、天国《てんごく》から追《お》い出《だ》され、たぶん地獄《じごく》に連《つ》れて来《こ》られたのではないかと思《おも》いました。そのとたん、全身《ぜんしん》が小刻《こきざ》みにふるえ始《はじ》めました。

イチローが身動《みうご》きできないほどにふるえていると、背後《はいご》で金属《きんぞく》がこすれる音《おと》がして、ガチャンという音《おと》が部屋全体《へやぜんたい》にひびきわたりました。イチローはいっしゅん振《ふ》り向《む》き、次《つぎ》の瞬間《しゅんかん》、反射的《はんしゃてき》に部屋《へや》の隅《すみ》に逃《に》げて壁《かべ》にへばりつきました。

桃太郎《ももたろう》の鬼ヶ島《おにがしま》の鬼退治《おにたいじ》の絵本《えほん》で見《み》たことがある鬼《おに》が立《た》っています。背《せ》はイチローの二倍以上《にばいいじょう》も高《たか》く、全身《ぜんしん》の肌《はだ》はまっ赤《か》で、髪《かみ》は黒《くろ》くちぢれ、頭《あたま》の左右《さゆう》に長《なが》い角《つの》がはえています。眉《まゆ》は太《ふと》く盛《も》り上《あ》がり、きょくたんに大《おお》きな目《め》は今《いま》にも飛《と》び出《だ》しそうに怒《いか》りに燃《も》えたぎっています。鼻《はな》は天狗《てんぐ》のように高《たか》く、口《くち》の中《なか》は血《ち》で濡《ぬ》れているようにまっ赤《か》で、大《おお》きな白《しろ》い歯《は》の左右《さゆう》からは鋭《するど》い牙《きば》がはみ出《で》ています。全身《ぜんしん》の筋肉《きんにく》ははちきれんばかりに盛《も》りあがっています。

今《いま》にも襲《おそ》ってきそうな赤鬼《あかおに》に、イチローの全身《ぜんしん》のふるえはいちだんと激《はげ》しさを増《ま》し、立《た》っているのがやっとでした。

イチローが今《いま》にも気《き》を失《うしな》いそうな状態《じょうたい》で立《た》っていると、赤鬼《あかおに》がすごみのある声《こえ》で言《い》いました。

「お前《まえ》が天国《てんごく》から追《お》い出《だ》されたガキか？　エンマ大王《だいおう》さまの命令《めいれい》により、これからお前《まえ》を地獄《じごく》に連《つ》れて行《ゆ》く。俺《おれ》さまの指示《しじ》にそむいたらすぐに殺《ころ》す。無事《ぶじ》にエンマ大王《だいおう》さまのところに着《つ》いたら、お前《まえ》の処分《しょぶん》を大王《だいおう》さまが言《い》い渡《わた》すことになっている」

イチローは言葉《ことば》を返《かえ》そうとしましたが、ふるえがひどくて声《こえ》が出《で》ません。イチローが無言《むごん》のまま恐怖《きょうふ》の目《め》を向《む》けていると、赤鬼《あかおに》が「さあ、外《そと》に出《で》るんだ」と強《つよ》い声《こえ》で言《い》いました。

その声《こえ》に、イチローは動《うご》こうとしましたが、全身《ぜんしん》のふるえで腰《こし》がぬけていて、脚《あし》を動《うご》かすこともできません。

それを見《み》た赤鬼《あかおに》は「天国《てんごく》ではいろいろとごたくを並《なら》べたようだが、やっぱり子供《こども》だな」

と言《い》いながらイチローに近《ちか》づき、腕《うで》をつかんで壁《かべ》から引《ひ》き離《はな》すように引《ひ》っぱって外《そと》に連《つ》れ出《だ》しました。

外《そと》に出《で》たとき、明《あか》るい光《ひかり》で目《め》がくらみ、いっしゅんなにも見《み》えなくなりました。しばらくして目《め》がなれると、あたりを見《み》まわしました。

大《おお》きな川《かわ》が流《なが》れていて、その前《まえ》には大小《だいしょう》さまざまな小石《こいし》で埋《う》めつくされた河原《かわら》が広《ひろ》がっています。

赤鬼《あかおに》は川《かわ》の方《ほう》を指差《ゆびさ》しながら言《い》いました。

「あの川《かわ》は『三途《さんず》の川《かわ》』と言《い》って、『この世《よ》』と呼《よ》ばれている人間世界《にんげんせかい》と、『あの世《よ》』と呼《よ》ばれる死《し》んだ人間《にんげん》が来《く》る世界《せかい》とを分《わ》けている川《かわ》だ。この川《かわ》を渡《わた》れば、もう人間世界《にんげんせかい》には戻《もど》れなくなる」

赤鬼《あかおに》は今度《こんど》は広《ひろ》い河原《かわら》を見渡《みわた》しながら言《い》いました。

「人間《にんげん》は死《し》ぬと何度《なんど》も天《てん》の裁《さば》きを受《う》けて三途《さんず》の川《かわ》に連《つ》れて来《こ》られる。お前《まえ》はまだ生《い》きているので見《み》えないだろうが、この河原《かわら》には三《みっ》つの行列《ぎょうれつ》ができている。一《ひと》つは、人間世界《にんげんせかい》で良《い》いことをして天国《てんごく》へと行《ゆ》く人《ひと》の列《れつ》だ。彼《かれ》らは川《かわ》に架《か》かる橋《はし》を渡《わた》ってあの世《よ》に入《はい》る。また、お金《かね》を払《はら》えば、船《ふね》で渡《わた》ることもできる。天国《てんごく》に行《い》くには非常《ひじょう》にきびしい条件《じょうけん》があるので、この列《れつ》に並《なら》んでいる人《ひと》は非常《ひじょう》に少《すく》ない。二《ふた》つ目《め》の列《れつ》は、人間世界《にんげんせかい》で多少悪《たしょうわる》いことをしたが、全体《ぜんたい》として罪《つみ》が軽《かる》い人《ひと》たちの列《れつ》だ。彼《かれ》らは川《かわ》の下流《かりゅう》の浅《あさ》くて流《なが》れもゆるやかなところを歩《ある》いて渡《わた》る。この列《れつ》に並《なら》ぶ者《もの》は大勢《おおぜい》いて、長《なが》い列《れつ》を作《つく》って順番《じゅんばん》を待《ま》たなければならない。三《みっ》つ目《め》の列《れつ》は、人間世界《にんげんせかい》で人《ひと》を殺《ころ》したり、人《ひと》を傷《きず》つけたり、人《ひと》の物《もの》を盗《ぬす》んだりして重《おも》い罪《つみ》を犯《おか》した者《もの》たちの列《れつ》だ。彼《かれ》らは川《かわ》が深《ふか》く、しかも、流《なが》れが激《はげ》しく渦巻《うずま》く上流《じょうりゅう》を渡《わた》らなければならない。渦《うず》に巻《ま》き込《こ》まれて水中《すいちゅう》に沈《しず》められて何度《なんど》も溺《おぼ》れそうな目《め》にあって初《はじ》めて川《かわ》を渡《わた》ることができる。この列《れつ》に並《なら》ぶ者《もの》も大勢《おおぜい》いる。二列目《にれつめ》と三列目《さんれつめ》に並《なら》ぶ者《もの》は、川《かわ》の途中《とちゅう》から引《ひ》き返《かえ》そうとすると、川岸《かわぎし》には俺《おれ》たちの仲間《なかま》の鬼《おに》が大勢《おおぜい》弓矢《ゆみや》や石《いし》を持《も》って待《ま》ち構《かま》えていていっせいに攻撃《こうげき》する。死人《しにん》どうしはお互《たが》いにほかの人《ひと》の姿《すがた》を見《み》ることができるが、話《はな》しかけることはできない」

赤鬼《あかおに》の話《はなし》を聞《き》いて、イチローは河原《かわら》を眺《なが》めまわしましたが、列《れつ》も橋《はし》も見《み》えません。しかし、右《みぎ》の方《ほう》の激《はげ》しく波《なみ》しぶきがあがっているところの岸辺《きしべ》にはおおぜいの鬼《おの》のような姿《すがた》がかすんで見《み》えました。左《ひだり》の方《ほう》を見《み》ると、流《なが》れの比較的《ひかくてき》ゆるやかなところの岸辺《きしべ》にもたくさんの鬼《おに》が集《あつ》まっているのが見《み》えました。

すると、赤鬼《あかおに》が「これから川《かわ》を渡《わた》ってもらう」と言《い》って、イチローの腕《うで》をつかみました。イチローはとっさに腰《こし》を引《ひ》き、声《こえ》を高《たか》めて言《い》いました。

「この川《かわ》を渡《わた》ると、もうこの世《よ》に戻《もど》れなくなるんだろ。僕《ぼく》は天国《てんごく》がかってに作《つく》った質問《しつもん》に、自分《じぶん》なりに考《かんが》えて答《こた》えただけなんだ。それなのに地獄《じごく》に連《つ》れて来《こ》られたんだ。天国《てんごく》は素晴《すば》らしいところとお母《かあ》さんが言《い》ってたけど、これじゃ天国《てんごく》は悪魔《あくま》が住《す》んでるところじゃないか。地獄《じごく》におとされるようなことはしていない！　なにかの間違《まちが》えなんだ！　僕《ぼく》は生《い》きてるんだ！　死《し》ぬなんていやだ！」

「お前《まえ》が天国《てんごく》でどんな罪《つみ》を犯《おか》したのか。川《かわ》を渡《わた》ると死《し》ぬことになるのか、生《い》きているのか。そんなことは俺《おれ》には関係《かんけい》ない。お前《まえ》が生《い》きていようと死《し》のうと、俺《おれ》にはお前《まえ》の姿《すがた》が見《み》える。俺《おれ》の役目《やくめ》はお前《まえ》を大王《だいおう》さまのところに連《つ》れて行《い》くことだ」

そう言《い》うと、赤鬼《あかおに》はイチローの腕《うで》をいちだんと強《つよ》くつかみ、引《ひ》きました。イチローは尻込《しりご》みして行《ゆ》くのをこばみましたが、赤鬼《あかおに》の力《ちから》にはかないませんでした。

赤鬼《あかおに》はイチローの腕《うで》を強引《ごういん》に引《ひ》っぱりながら言《い》いました。

「お前《まえ》は二《ふた》つ目《め》の列《れつ》の比較的浅《ひかくてきあさ》いところから川《かわ》を渡《わた》ることになっている」

引《ひ》っぱられて歩《ある》きながら、イチローは「やめてくれ！」と叫《さけ》びつづけました。しかし、赤鬼《あかおに》はそんな叫《さけ》びをいっこうに気《き》にすることもなく引《ひ》っぱって行《い》きました。

かなり歩《ある》かされてから赤鬼《あかおに》は岸辺《きしべ》で足《あし》を止《と》めて言《い》いました。

「さあ、ここから川《かわ》を渡《わた》るんだ」

そう言《い》うと、赤鬼《あかおに》はイチローを引《ひ》っぱりながら川《かわ》に入《はい》って行《い》きました。イチローは「やめてくれ！」と叫《さけ》びつづけながら川《かわ》に引《ひ》きずり込《こ》まれました。岸辺《きしべ》の近《ちか》くは足首《あしくび》ぐらいまでの深《ふか》さでしたが、やがて膝《ひざ》あたりまで深《ふか》くなってきました。川底《かわぞこ》にはぬるぬるした石《いし》がゴロゴロしていて何度《なんど》となく倒《たお》れそうになりましたが、赤鬼《あかおに》がそのつどイチローを支《ささ》えました。

川《かわ》の中央《ちゅうおう》あたりまで来《き》たとき、イチローが岸辺《きしべ》を振《ふ》りむこうとすると、赤鬼《あかおに》は強《つよ》い言葉《ことば》で言《い》いました。

「振《ふ》りむくな！　岸辺《きしべ》には弓《ゆみ》と石《いし》を持《も》った鬼《おに》たちが待《ま》ちかまえていて、振《ふ》りむいたり逃《に》げようとした者《もの》を体《からだ》がグチャグチャになるまで攻撃《こうげき》する」

イチローは（もうなるようにしかならない）と覚悟《かくご》を決《き》め、赤鬼《あかおに》に引《ひ》っぱられるままに川《かわ》を渡《わた》って行《ゆ》きました。

やがて川《かわ》は次第《しだい》に浅《あさ》くなり、岸辺《きしべ》に着《つ》きました。岸《きし》にあがると、赤鬼《あかおに》が言《い》いました。

「この川《かわ》を渡《わた》ると『あの世《よ》』ということになる。もう二度《にど》と人間世界《にんげんせかい》の『この世《よ》』には戻《もど》れない。『この世《よ》』とのお別《わか》れに向《む》こう岸《ぎし》を見《み》てみろ」

赤鬼《あかおに》に言《い》われるままに渡《わた》って来《き》た川《かわ》の向《む》こう岸《ぎし》を眺《なが》めましたが、川《かわ》の幅《はば》が広《ひろ》くて向《む》こう岸《ぎし》も鬼《おに》たちの姿《すがた》も見《み》えません。

すると、赤鬼《あかおに》が言《い》いました。

「三途《さんず》の川《かわ》を渡《わた》った者《もの》にとっては、もう二度《にど》と渡《わた》ることができないほど無限《むげん》の広《ひろ》さの川《かわ》となるのだ。引《ひ》き返《かえ》すことはぜったいにできないということだ」

赤鬼《あかおに》はイチローの腕《うで》から手《て》を放《はな》して言葉《ことば》をつづけました。

「お前《まえ》が今立《いまた》っている河原《かわら》は『賽《さい》の河原《かわら》』と呼《よ》ばれている。お前《まえ》には見《み》えないだろうが、お前《まえ》のまわりにはお前《まえ》と一緒《いっしょ》に三途《さんず》の川《かわ》を渡《わた》って来《き》た人《ひと》たちがおおぜい集《あつ》まっている。上流《じょうりゅう》のほうの河原《かわら》を見《み》ると、渦巻《うずま》く激《はげ》しい流《なが》れで何度《なんど》も溺《おぼ》れながらやっと岸《きし》にたどりついた者《もの》たちの集団《しゅうだん》も見《み》える。一列《いちれつ》に並《なら》んで橋《はし》を渡《わた》り、ある者《もの》は渡《わた》し船《ぶね》に乗《の》って岸辺《きしべ》につき、これから天国《てんごく》へと向《む》かう人《ひと》たちの列《れつ》も見《み》える」

イチローは河原全体《かわらぜんたい》を見渡《みわた》しましたが、なにも見《み》えません。でも、目《め》には見《み》えないものの、自分《じぶん》のまわりにおおぜいの人《ひと》の気配《けはい》をなんとなく感《かん》じました。イチローが不思議《ふしぎ》な気持《きも》ちで河原《かわら》を眺《なが》めていると、河原《かわら》のあちこちに、ひどく破壊《はかい》されているものの、石《いし》を積《つ》み重《かさ》ねて作《つく》った小《ちい》さな塔《とう》がたくさん立《た》っているのに気《き》づきました。イチローがきくよりも早《はや》く、赤鬼《あかおに》が言《い》いました。

「これらの石《いし》の塔《とう》は、自分《じぶん》を生《う》んでくれた親《おや》よりも先《さき》に死《し》んだ子供《こども》たちが作《つく》ったものだ。親《おや》よりも子供《こども》のほうが早《はや》く死《し》ぬということは、たいへんな親不孝《おやふこう》だ。親《おや》は子供《こども》を亡《な》くすと深《ふか》い悲《かな》しみの中《なか》で涙《なみだ》の日々《ひび》を送《おく》る。そんなもうしわけないことをしたことを親《おや》に謝《あやま》るために、この石《いし》の塔《とう》を賽《さい》の河原《かわら》に作《つく》るのだ。だが、そんなことでは親不孝《おやふこう》は許《ゆる》されないと言《い》って、鬼《おに》たちがやって来《き》て塔《とう》を壊《こわ》すのだ」

イチローは地獄《じごく》に連《つ》れて来《こ》られてから、たかがくだらない質問《しつもん》に対《たい》する答《こた》え方《かた》でどうしてこんなひどい目《め》にあわされなければならないのかと全身《ぜんしん》は激《はげ》しい怒《いか》りで満《み》たされていて、ほかのことを考《かんが》える余裕《よゆう》はありませんでした。しかし、赤鬼《あかおに》の口《くち》から親《おや》の話《はなし》が出《で》てきたとき、イチローははっとして両親《りょうしん》のことを思《おも》い出《だ》しました。イチローがいなくなって心配《しんぱい》している両親《りょうしん》の顔《かお》が頭《あたま》に浮《う》かび、急《きゅう》に寂《さび》しさが込《こ》みあげてきて涙《なみだ》がこぼれ落《お》ちました。

すると、赤鬼《あかおに》はイチローの心《こころ》の中《なか》を見《み》すかしているように言《い》いました。

「天国《てんごく》での旅行《りょこう》ができなくなって、こうして地獄《じごく》へと送《おく》りこまれた。そして、三途《さんず》の川《かわ》を渡《わた》って、もう『この世《よ》』には戻《もど》れなくなった。こんなことをお前《まえ》の両親《りょうしん》が知《し》ったら、死《し》にたくなるほどの深《ふか》い悲《かな》しみを感《かん》じるだろう。お前《まえ》をここまで育《そだ》ててくれた親《おや》に謝《あやま》るために、石《いし》を積《つ》み重《かさ》ねて塔《とう》を作《つく》ってわびたいというのなら、塔《とう》を作《つく》るまで待《ま》ってやる」

イチローは両親《りょうしん》へのもうしわけない気持《きも》ちにかられて、石《いし》を集《あつ》め始《はじ》めました。なるべく大《おお》きな塔《とう》を作《つく》るために、土台《どだい》となる平《ひら》たい大《おお》きな石《いし》を見《み》つけ、それに合《あ》わせていろいろな大《おお》きさの石《いし》を集《あつ》めました。石《いし》を集《あつ》め終《お》わると、「お母《かあ》さんとお父《とう》さんの言《い》うことをきかないでごめんなさい。僕《ぼく》はお母《かあ》さんとお父《とう》さんが大好《だいす》きなんだ」と涙《なみだ》を流《なが》して呟《つぶや》きながら石《いし》を一《ひと》つ一《ひと》つ積《つ》み重《かさ》ねて塔《とう》を作《つく》りました。

塔《とう》を作《つく》り終《お》わると、赤鬼《あかおに》がイチローの腕《うで》をとって立《た》たせました。すると、体《からだ》の大《おお》きな

青鬼《あおおに》がどこからともなく現《あらわ》れて、せっかく積《つ》んだ塔《とう》を足《あし》でけとばして壊《こわ》してしまいました。

イチローが「何《なに》をするんだ！」と叫《さけ》んで青鬼《あおおに》に向《む》かおうとしたとき、赤鬼《あかおに》が手《て》を強《つよ》く引《ひ》いてそれを止《と》めて言《い》いました。

「お前《まえ》のしたことは塔《とう》を作《つく》ったくらいでは許《ゆる》されないんだ」

それでもイチローが大声《おおごえ》を上《あ》げて抵抗《ていこう》しようとすると、赤鬼《あかおに》はイチローの体《からだ》を抑《おさ》えこんで「さあ、エンマ大王《だいおう》さまが待《ま》っている。こんなところで時間《じかん》をつぶしているわけにはいかない」と言《い》って、イチローを抱《かか》えるようにして歩《ある》き始《はじ》めました。イチローは全身《ぜんしん》で抵抗《ていこう》しましたがムダでした。

しばらく歩《ある》いてから、赤鬼《あかおに》がひとり言《ごと》のように言《い》いました。

「エンマ大王《だいおう》さまの頭《あたま》の中《なか》には、地獄《じごく》に送《おく》られて来《き》た人間《にんげん》が、生《い》きているときにどんな悪《わる》いことをしたかすべての情報《じょうほう》が入《はい》っている。大王《だいおう》さまの前《まえ》に連《つ》れ出《だ》されると、いっしゅんにしてその者《もの》への裁《さば》きを言《い》い渡《わた》す。一日《いちにち》に何十万人《なんじゅうまんにん》もの人に裁《さば》きを言《い》い渡《わた》す。裁《さば》きを言《い》い渡《わた》されると、部屋《へや》の横《よこ》の階段《かいだん》から地下《ちか》を流《なが》れる川《かわ》の船着《ふなつ》き場《ば》へと突《つ》き落《お》とされ、船《ふね》に乗《の》せられて裁《さば》きに従《したが》っていろいろな苦痛《くつう》を受《う》ける場所《ばしょ》へと運《はこ》ばれる。人間世界《にんげんせかい》では死後《しご》に地獄《じごく》で受《う》ける苦《くる》しみについていろいろと想像《そうぞう》しているようだが、地獄《じごく》で受《う》ける実際《じっさい》の苦痛《くつう》は生《い》きた人間《にんげん》の想像《そうぞう》をはるかにこえたものだ」

赤鬼《あかおに》の言《い》うことはイチローには、イチローを大人《おとな》しくするための脅《おど》しとして話《はな》しているように思《おも》えました。

河原《かわら》を離《はな》れて歩《ある》いて行《ゆ》くと、地平線《ちへいせん》の端《はし》まで見渡《みわた》すかぎり広《ひろ》がる砂漠《さばく》が目《め》の前《まえ》に現《あらわ》れました。砂漠《さばく》には二本《にほん》の道《みち》がどこまでもつづいています。すると、赤鬼《あかおに》が言《い》いました。

「お前《まえ》には見《み》えないだろうが、今歩《いまある》いている道《みち》にはお前《まえ》と一緒《いっしょ》に三途《さんず》の川《かわ》を渡《わた》ってきた人《ひと》の列《れつ》がつづいている。右手《みぎて》には荒《あ》れ狂《くる》う流《なが》れに溺《おぼ》れながら渡《わた》ってきた人《ひと》の列《れつ》がつづいている。これからエンマ大王《だいおう》さまの裁《さば》きを受《う》けに行《ゆ》くのだ」

イチローは砂漠《さばく》の果《は》てまでつづいている道《みち》に目《め》をやりながら言《い》いました。

「こんなに長《なが》い道《みち》を僕《ぼく》は歩《ある》けないよ」

「歩《ある》けなくなったら俺《おれ》が背負《せお》ってでも連《つ》れて行《い》く」

イチローは赤鬼《あかおに》に手《て》を引《ひ》っぱられ、地面《じめん》に目《め》を落《お》として歩《ある》きつづけました。かなり歩《ある》いたところで、脚《あし》が棒《ぼう》のようになってもう一歩《いっぽ》も動《うご》けなくなり、赤鬼《あかおに》の手《て》を引《ひ》っぱって立《た》ち止《ど》まりました。すると、赤鬼《あかおに》はイチローを軽々《かるがる》と抱《かか》え、これまでの十倍以上《じゅうばいいじょう》の速《はや》さで歩《ある》き始《はじ》めました。イチローは周囲《しゅうい》を見《み》まわす気力《きりょく》もないまま赤鬼《あかおに》に体《からだ》をまかせていました。

どのくらい時間《じかん》がたったのか、あたりに異様《いよう》な雰囲気《ふんいき》を感《かん》じて目《め》を上《あ》げると、目《め》の前《まえ》

に見上《みあ》げるほど大《おお》きな岩《いわ》がそびえ立《た》っています。イチローが「下《お》ろして」と言《い》うと、赤《あか》鬼《おに》はイチローを地面《じめん》に下《お》ろしました。

巨大《きょだい》な岩《いわ》に目《め》をやると、二本《にほん》の道《みち》の突《つ》き当《あた》りに入口《いりぐち》のような穴《あな》が開《あ》いています。イチローがきくよりも早《はや》く、赤鬼《あかおに》が言《い》いました。

「あの穴《あな》は地獄《じごく》の入口《いりぐち》だ。入口《いりぐち》を入《はい》ると突《つ》き当《あた》りにエンマ大王《だいおう》さまの裁《さば》きの部屋《へや》がある。両方《りょうほう》の列《れつ》から交互《こうご》に入《はい》って裁《さば》きを受《う》けるのだ。これからお前《まえ》も裁《さば》きを受《う》けに行《ゆ》く」

そう言《い》うと、赤鬼《あかおに》はイチローの腕《うで》をつかんで入口《いりぐち》の方《ほう》に歩《ある》き始《はじ》めました。イチローは全身《ぜんしん》で「お母《かあ》さん、お父《とう》さん、助《たす》けて！」と声《こえ》の限《かぎ》りに叫《さけ》びつづけていましたが、恐《おそ》ろしさのあまり喉《のど》がふさがって声《こえ》となって外《そと》には出《で》てきませんでした。

入口《いりぐち》のところまで来《く》ると、イチローには見《み》えませんでしたが、赤鬼《あかおに》は人《ひと》の波《なみ》をかき分《わ》けるようにして中《なか》に入《はい》って行《い》きました。中《なか》は薄暗《うすぐら》くて何《なに》も見《み》えませんでしたが、すぐに目《め》もなれてきてあたりを見《み》まわすと、石《いし》の壁《かべ》の長《なが》い通路《つうろ》がつづいています。歩《ある》いて行《ゆ》くと、どこからともなく黒鬼《くろおに》が現《あらわ》れて赤鬼《あかおに》の耳元《みみもと》でなにかを話《はな》しました。赤《あか》鬼《おに》がうなずくと、黒鬼《くろおに》はすぐに姿《すがた》を消《け》しました。すると、赤鬼《あかおに》が「お前《まえ》の裁《さば》きは別《べつ》の部屋《へや》でするそうだ」と言《い》って、イチローの手《て》を引《ひ》っぱって歩《ある》き始《はじ》めました。

通路《つうろ》を進《すす》むと左《ひだり》に細《ほそ》い通路《つうろ》があって、そこを曲《ま》がって歩《ある》いて行《ゆ》きました。すると、突《つ》き当《あた》りに部屋《へや》の扉《とびら》が見《み》えてきました。部屋《へや》の前《まえ》まで来《く》ると、赤鬼《あかおに》は扉《とびら》を開《あ》けてイチローの背中《せなか》を押《お》して中《なか》に入《い》れました。

部屋《へや》は岩《いわ》に囲《かこ》まれていて、どこから射《さ》しこむのか、ほの暗《ぐら》い明《あ》かりが広《ひろ》がっています。正面《しょうめん》のいちだんと高《たか》くなった壇《だん》には銀色《ぎんいろ》に冷《つめ》たく輝《かがや》く巨大《きょだい》な椅子《いす》が置《お》かれています。

全身《ぜんしん》の震《ふる》えがとまらない状態《じょうたい》でイチローが部屋《へや》を見《み》まわしていると、赤鬼《あかおに》が言《い》いました。

「エンマ大王《だいおう》さまの椅子《いす》の前《まえ》に立《た》って待《ま》ってるんだ」

赤鬼《あかおに》はイチローを椅子《いす》の前《まえ》に立《た》たせると、つづけて言《い》いました。

「お前《まえ》が人間世界《にんげんせかい》でなにをしてきたのか俺《おれ》は知《し》らない。だが、生《い》きたままで地獄《じごく》に連《つ》れて来《こ》られて、大王《だいおう》さまがじきじきに個別《こべつ》に会《あ》って裁《さば》きを言《い》い渡《わた》すということは聞《き》いたことがない。まだ子供《こども》なのによほど悪《わる》いことをしたんだろう。覚悟《かくご》しておけ」

赤鬼《あかおに》の言葉《ことば》で、イチローの全身《ぜんしん》の震《ふる》えはいちだんと激《はげ》しくなり、歯《は》はガタガタと音《おと》を立《た》て、頭《あたま》はグチャグチャになってしまいました。

すると、キーという音《おと》とともに部屋《へや》の横《よこ》の扉《とびら》が開《ひら》き、巨大《きょだい》な生《い》き物《もの》が部屋《へや》に入《はい》ってきて椅子《いす》に座《すわ》りました。イチローは見《み》るのも怖《こわ》く、目《め》を閉《と》じました。次《つぎ》の瞬間《しゅんかん》、ものすごい迫力《はくりょく》のある声《こえ》が全身《ぜんしん》にひびきわたりました。

「頭《あたま》を上《あ》げて目《め》を開《あ》け、しっかりわしを見《み》るんだ」

イチローは自分《じぶん》の意思《いし》とは関係《かんけい》なく、その声《こえ》に操《あやつ》られるように頭《あたま》をあげて目《め》を開《ひら》きました。そのとたん、全身《ぜんしん》は凍《こお》りついて氷《こおり》の塊《かたまり》になり、それが大《おお》きく揺《ゆ》れて今《いま》にも倒《たお》れそうになりました。

まるで頭《あたま》の上《うえ》でいくつもの焚火《たきび》をしているように髪《かみ》の毛《け》が赤《あか》い炎《ほのお》となって立《た》ちあがっています。大《おお》きな顔《かお》は赤《あか》く染《そ》まり、眉《まゆ》は太《ふと》く吊《つ》り上《あ》がり、異常《いじょう》に大《おお》きく見開《みひら》いた目《め》は、白目《しろめ》は赤《あか》く染《そ》まり、黒目《くろめ》は怒《いか》りに燃《も》えたぎって今《いま》にも爆発寸前《ばくはつすんぜん》の爆弾《ばくだん》のようです。鼻《はな》は不自然《ふしぜん》なほど大《おお》きく盛《も》り上《あ》がり、鼻《はな》から出《で》る息《いき》は部屋《へや》の空気《くうき》を大《おお》きく揺《ゆ》らしています。口《くち》は頬《ほほ》まで裂《さ》けていて、まっ赤《か》な口《くち》の中《なか》にはあらゆる生《い》き物《もの》を一噛《ひとか》みで砕《くだ》くことができるような大《おお》きな歯《は》が並《なら》び、上《うえ》の歯《は》の左右《さゆう》から鋭《するど》い長《なが》い牙《きば》が出《で》ています。全身《ぜんしん》の筋肉《きんにく》が盛《も》りあがり、右手《みぎて》には、触《ふ》れるだけで首《くび》であれ腹《はら》であれ脚《あし》であれなんでもすぐに切《き》り落《お》とすことができそうな鋭《するど》い両刃《りょうば》の大《おお》きな剣《けん》を持《も》っています。

エンマ大王《だいおう》はすごみのある声《こえ》で言《い》いました。

「天国《てんごく》からの連絡《れんらく》で、お前《まえ》はわしが支配《しはい》する地獄《じごく》へと送《おく》りこまれてきた。わしはお前《まえ》に裁《さば》きを言《い》い渡《わた》さなければならない」

エンマ大王《だいおう》はここで言葉《ことば》を切《き》って、少《すこ》し間《ま》を置《お》いてから言葉《ことば》をつづけました。

「地獄《じごく》は人間世界《にんげんせかい》で死《し》んだ者《もの》のうち、天国《てんごく》に入《はい》れない者《もの》を裁《さば》き、永遠《えいえん》の苦《くる》しみを与《あた》えるところだ。人間世界《にんげんせかい》にも生《い》きているときに味《あじ》わう地獄《じごく》はある。戦争《せんそう》による殺《ころ》し合《あ》い。意見《いけん》、立場《たちば》、考《かんが》え方《かた》、宗教《しゅうきょう》などの対立《たいりつ》による殺《ころ》し合《あ》い。これらは人間世界《にんげんせかい》での地獄《じごく》だろう。これらの人間世界《にんげんせかい》での地獄《じごく》の苦《くる》しみは、死《し》んでしまえば終《お》わる。だが、地獄《じごく》での罰《ばつ》は、すでに人間世界《にんげんせかい》で死《し》んだ人間《にんげん》への裁《さば》きなので、全身《ぜんしん》を切《き》り刻《きざ》んだり、煮《に》えたぎった湯《ゆ》の中《なか》に投《な》げ込《こ》んだり、燃《も》えさかる火《ひ》の中《なか》に放《ほう》り込《こ》んだりして苦痛《くつう》を与《あた》えても、もう絶対《ぜったい》に再《ふたた》び死《し》ぬことはない。その日《ひ》の罰《ばつ》が終《お》われば、再《ふたた》び元《もと》の姿《すがた》にもどり、また翌日苦痛《よくじつくつう》を与《あた》えることができる。これを永遠《えいえん》につづけることができる」

イチローは頭《あたま》が凍《こお》りついていてエンマ大王《だいおう》の言葉《ことば》は理解《りかい》できませんでした。しかし、凍《こお》った頭《あたま》を槍《やり》で突《つ》き砕《くだ》いているような鋭《するど》い言葉《ことば》で、恐《おそ》ろしいことを言《い》っていることだけはわかりました。

エンマ大王《だいおう》は鋭《するど》く光《ひか》る大《おお》きな目《め》をむけて話《はなし》をつづけました。

「お前《まえ》は人間世界《にんげんせかい》から生《い》きたまま地獄《じごく》に送《おく》りこまれてきた。生《い》きている人間《にんげん》に地獄《じごく》の罰《ばつ》を与《あた》えればすぐに死《し》んでしまう。人間世界《にんげんせかい》であれ、地獄《じごく》であれ、いかなる理由《りゆう》があろうとも、生《い》きている人間《にんげん》を殺《ころ》せば人殺《ひとごろ》しという絶対《ぜったい》に許《ゆる》されない罪《つみ》となる。わしがお前《まえ》に罰《ばつ》を与《あた》えて殺《ころ》せば、地獄《じごく》の支配者《しはいしゃ》であるわしが地獄《じごく》の裁《さば》きを受《う》けて地獄《じごく》の罰《ばつ》を受《う》けることになる。だから、わしはお前《まえ》を殺《ころ》すわけにはいかない。だからと言《い》って、お前《まえ》をこのまま地獄《じごく》に置《お》いておくわけにはいかない。地獄《じごく》で働《はたら》いてもらおうとしても、地獄《じごく》には生《い》きている人間《にんげん》の働《はたら》き口《くち》は何《なに》もない」

イチローはエンマ大王《だいおう》の言葉《ことば》を理解《りかい》できませんでしたが、刺《さ》すような言葉《ことば》の響《ひび》きが和《やわ》らいできているような感《かん》じをおぼえました。

エンマ大王《だいおう》はそんなイチローの様子《ようす》をじっと眺《なが》めていましたが、イチローがエンマ大王《だいおう》と目《め》を合《あ》わせると、これまでとは違《ちが》って、優《やさ》しい声《こえ》で言《い》いました。

「お前《まえ》をどう取《と》り扱《あつか》うか、天国《てんごく》とも相談《そうだん》した。天国《てんごく》ではお前《まえ》のおじいちゃんとおばあちゃんから話《はなし》を聞《き》いたそうだ。人《ひと》に言《い》われるからそうするのではなく、お前《まえ》には自分《じぶん》の考《かんが》えによって行動《こうどう》できる人《ひと》になってもらいたいと思《おも》っていたそうだ。お前《まえ》の両親《りょうしん》も口《くち》では小言《こごと》を言《い》うものの、自分《じぶん》なりの考《かんが》え方《かた》で行動《こうどう》するお前《まえ》を頼《たの》もしく思《おも》っているとのことだ。今回《こんかい》は生《い》きている人間《にんげん》の天国《てんごく》への体験旅行《たいけんりょこう》で、お前以外《まえいがい》の参加者《さんかしゃ》は人間世界《にんげんせかい》に戻《もど》ることになっているとのことで、お前《まえ》も人間世界《にんげんせかい》に戻《もど》すことにした」

イチローはエンマ大王《だいおう》が言《い》ったことがわからないまま「人間世界《にんげんせかい》に戻《もど》す……」とつぶ

やきました。

「そうだ。両親《りょうしん》が待《ま》っている家《うち》に戻《もど》ってもいいということだ」

「両親《りょうしん》が待《ま》っている家《うち》に……」イチローはエンマ大王《だいおう》の言葉《ことば》を理解《りかい》ができないまま、オウム返《がえ》しにつぶやきました。

エンマ大王《だいおう》は言《い》いました。

「人間《にんげん》の命《いのち》はあっと言《い》う間《ま》に終《お》わる短《みじか》いものだ。これからの一生《いっしょう》をどう送《おく》るかによって、お前《まえ》にも天国《てんごく》への道《みち》は開《ひら》かれている。わしは人間《にんげん》は一人《ひとり》でも多《おお》く天国《てんごく》に行《い》くように願《ねが》っている。だからこそ、わしの願《ねが》いに背《そむ》いて地獄《じごく》へ来《く》る者《もの》には、てってい的にきに苦《くる》しい目《め》にあわせるのだ。お前《まえ》が死《し》んでもし地獄《じごく》に送《おく》られてきたときには、今回《こんかい》のこともあり、ほかの者《もの》よりもいちだんと厳《きび》しい罰《ばつ》を受《う》けることを覚悟《かくご》しておくことだ」

イチローはエンマ大王《だいおう》が言《い》っていることが理解《りかい》できず、頭《あたま》の中《なか》には、エンマ大王《だいおう》の

「厳《きび》しい罰《ばつ》を受《う》けることを覚悟《かくご》しておくことだ」という言葉《ことば》だけが強《つよ》く残《のこ》りました。

すると、エンマ大王《だいおう》が椅子《いす》から立《た》ち上《あ》がりました。イチローが恐怖《きょうふ》のあまり屈《かが》みこもうとしたとき、エンマ大王《だいおう》が大《おお》きく左手《ひだりて》を振《ふ》りました。そのとたん、イチローの意識《いしき》は消《き》え去《さ》りました。

☆　☆　☆

イチローはおそるおそる目《め》を開《あ》けました。そして、目《め》の前《まえ》に座《すわ》っているエンマ大王《だいおう》のほうに目《め》を向《む》けました。

薄暗《うすぐら》かった部屋《へや》が明《あか》るくなっていて、それに、エンマ大王《だいおう》の姿《すがた》はありません。しかし、目《め》の前《まえ》には別《べつ》の人《ひと》の顔《かお》が迫《せま》っています。イチローはとっさに、(こいつはエンマ大王《だいおう》の手先《てさき》で、もう裁《さば》きが言《い》い渡《わた》されて、船《ふね》に乗《の》せられて苦《くる》しい目《め》にあわされる場所《ばしょ》に運《はこ》んでいるんだ）と思《おも》い、全身《ぜんしん》で叫《さけ》び声《ごえ》をあげました。

すると、耳元《みみもと》で大声《おおごえ》がひびきました。

「気《き》がついたのね！　意識《いしき》が戻《もど》ったのね！」

その声《こえ》は苦《くる》しい罰《ばつ》を命《めい》じる声《こえ》に聞《き》こえ、イチローは「やめてくれ！」と全身《ぜんしん》で叫《さけ》びました。

「ああ、良《よ》かった。このまま死《し》んでしまうのではないかと、心配《しんぱい》で、心配《しんぱい》で……」

そのとき、右手《みぎて》に握《にぎ》りつぶされるような痛《いた》みを感《かん》じ、イチローは「やめてくれ！」と再《ふたた》び叫《さけ》びました。

「どこか痛《いた》むの？　だいじょうぶなの？」聞《き》き覚《おぼ》えがある優《やさ》しい声《こえ》がしました。

イチローが目《め》をいっぱいに見開《みひら》いて目《め》の前《まえ》にのしかかっているものを見《み》たとき、懐《なつ》かしい人《ひと》の顔《かお》であることがわかりました。そして、イチローの顔《かお》に水《みず》のしずくが落《お》ちてきました。

イチローが「僕《ぼく》は地獄《じごく》にいるんじゃ……」とつぶやくように言《い》うと、懐《なつ》かしい声《こえ》が戻《もど》ってきました。

「なにバカ言《い》ってんのよ。三日《みっか》も意識《いしき》が戻《もど》らなくて、お父《とう》さんもお母《かあ》さんも地獄《じごく》の時間《じかん》だったわ」

その声《こえ》で、恐怖《きょうふ》の黒雲《くろくも》に覆《おお》われていたイチローの頭《あたま》から黒雲《くろくも》が消《き》え始《はじ》め、目《め》も明《あか》るく見《み》えるようになってきました。イチローは目《め》の前《まえ》をじっと見《み》つめながら「お母《かあ》さん……」とつぶやきました。

すると、懐《なつ》かしい母親《ははおや》の声《こえ》が戻《もど》ってきました。

「お母《かあ》さんがわかるの。ああ、良《よ》かった。記憶《きおく》もはっきりしてるのね。なにが起《お》きたか思《おも》い出《だ》したの？」

イチローは頭《あたま》を集中《しゅうちゅう》して言《い》いました。

「天国《てんごく》への体験《たいけん》ツアーに参加《さんか》して、テストで悪《わる》い点《てん》を取《と》って地獄《じごく》に連《つ》れて行《い》かれて……」

「意識《いしき》をなくして初《はじ》めは目《め》をつむっているだけだったけど、二日目《ふつかめ》からひどくうなされていたわ。悪《わる》い夢《ゆめ》を見《み》てたのね。でも、もう安心《あんしん》よ」

「僕《ぼく》は今《いま》どこにいるの？　まだ地獄《じごく》……」

「ここは病院《びょういん》のベッドよ。救急車《きゅうきゅうしゃ》で運《はこ》ばれてきたのよ」

イチローが「なにが起《お》こったの？」とつぶやくように言《い》うと、母親《ははおや》は言《い》いました。

「三日前《みっかまえ》に公園《こうえん》の大《おお》きな木《き》の高《たか》いところに登《のぼ》って遊《あそ》んでいて、枝《えだ》が折《お》れて地面《じめん》に落《お》ちて頭《あたま》をひどく打《う》って意識《いしき》を失《うしな》い、救急車《きゅうきゅうしゃ》で病院《びょういん》に運《はこ》ばれたのよ」

母親《ははおや》の目《め》から涙《なみだ》があふれ出《で》て、イチローの顔《かお》にこぼれ落《お》ちました。母親《ははおや》は握《にぎ》っているイチローの右手《みぎて》をいちだんと強《つよ》く握《にぎ》りしめながら、「まあ、とにかく良《よ》かったわ」と涙声《なみだごえ》で言《い》い、また涙《なみだ》を落《お》としました。

痛《いた》みを感《かん》じるぐらいきつく右手《みぎて》を握《にぎ》られ、母親《ははおや》の目《め》からこぼれ落《お》ちて顔《かお》にあたる涙《なみだ》で、イチローの意識《いしき》は完全《かんぜん》に戻《もど》ってきました。イチローは思《おも》い出《だ》しながら言《い》いました。

「公園《こうえん》で遊《あそ》んでいるときに、一緒《いっしょ》に遊《あそ》んでいた友達《ともだち》から、あの太《ふと》い木《き》に登《のぼ》れるか、と言《い》われて、登《のぼ》ったんだ。そしたら枝《えだ》が折《お》れてまっさかさまに落《お》ちて……」

イチローはここで言葉《ことば》を切《き》ると、頭《あたま》を再《ふたた》び集中《しゅうちゅう》して言《い》いました。

「それから、天国《てんごく》の体験《たいけん》ツアーに行《い》って……地獄《じごく》に連《つ》れて行《い》かれてエンマ大王《だいおう》に会《あ》って……」

「意識《いしき》を失《うしな》っているときに夢《ゆめ》を見《み》ていたのよ」母親《ははおや》が口《くち》を挟《はさ》みました。

「夢《ゆめ》だったのか。地獄《じごく》からもう帰《かえ》ってこられないと思《おも》って……」

そのとき、ドアが開《ひら》く音《おと》がしました。母親《ははおや》はすぐに振《ふ》り向《む》き、「あなた、イチローの意識《いしき》が戻《もど》ったのよ！　頭《あたま》も正常《せいじょう》だし……」と声《こえ》をかけました。イチローが目《め》を向《む》けると、父親《ちちおや》の姿《すがた》です。父親《ちちおや》は早足《はやあし》でベッドに近寄《ちかよ》り、イチローにのしかかるようにして目《め》を合《あ》わせて言《い》いました。

「良《よ》かった。元気《げんき》に動《うご》きまわっているのが一番頼《いちばんたの》もしいからな。小言《こごと》を言《い》ってしかってばかりいるけど、イチローの口答《くちごた》えを聞《き》くのが楽《たの》しみなんだ」

イチローはよわよわしい声《こえ》で言葉《ことば》を返《かえ》しました。

「お母《かあ》さん、お父《とう》さん、ごめんなさい。僕《ぼく》はお父《とう》さんとお母《かあ》さんが大好《だいす》きなんだ」

「子供《こども》のときは自分《じぶん》の考《かんが》えで自由《じゆう》に行動《こうどう》すればいい。いろいろと経験《けいけん》して人間《にんげん》としての生《い》き方《かた》を学《まな》ぶことになる。だが、今回《こんかい》のような危険《きけん》なことはもう二度《にど》としないと約束《やくそく》し

てくれたまえ。もうこんな心配《しんぱい》はこりごりだからね」

「わかった。約束《やくそく》するよ」イチローの目《め》には涙《なみだ》が浮《う》かび出《で》てきて、素直《すなお》な気持《きも》ちになって言葉《ことば》を返《かえ》しました。「これからはどんな質問《しつもん》でも『はい』『いえ』をはっきりと答《こた》えるよ。もう地獄《じごく》に連《つ》れて行《ゆ》かれるなんてこりごりだよ」

「『はい』『いいえ』で地獄《じごく》に連《つ》れて行《い》かれるってどういうことなの？」

母親《ははおや》が不思議《ふしぎ》そうな表情《ひょうじょう》を浮《う》かべて言葉《ことば》を返《かえ》したとき、父親《ちちおや》が言《い》いました。

「そんな無理《むり》な約束《やくそく》はしないでもいいよ。今《いま》までどおり自由《じゆう》かってに動《うご》きまわればいいよ。そして、ほかの人《ひと》の気持《きも》ちがわかる、人《ひと》の役《やく》に立《た》つ人間《にんげん》に成長《せいちょう》すればいい。だが、もう一度《いちど》言《い》っておくが、自分《じぶん》やほかの人《ひと》を危険《きけん》な目《め》にあわせることだけはしないでほしいよ」

父親《ちちおや》が言葉《ことば》を切《き》ると、母親《ははおや》がイチローとじっと目《め》を合《あ》わせて言《い》いました。

「意識《いしき》が戻《もど》ったことを先生《せんせい》に報告《ほうこく》して、検査《けんさ》をしていただいて問題《もんだい》がなければ一日《いちにち》も早《はや》く退院《たいいん》して、家《うち》で盛大《せいだい》にお祝《いわ》いしましょう。お父《とう》さんとお母《かあ》さんにとっての宝物《たからもの》のイチローは、今《いま》は路《みち》に転《ころ》がっている石《いし》ころかもしれないけど、これから磨《みが》かれて本物《ほんもの》の宝石《ほうせき》となって輝《かがや》きを発《はっ》するようになるわ」

完

◆著者プロフィール◆

やまもと　よしあき（本名・山本善明）

1937年　東京生まれ
1960年　学習院大学卒
　同年　日本航空に入社
1994年　退社
　その間、法務、米国法律事務所留学、米州地区支配人室業務、運航本部での運航乗務員管理業務などを歴任
1994年　㈱ジャルカード監査役
1999年　退任
　その後、執筆活動、講演活動

著書：
「墜落の背景―日航機はなぜ落ちたか」（上・下　講談社）
「日本航空事故処理担当」（講談社＋α新書）
「命の値段」（講談社＋α新書）
「五十六億七千万考年からの使者　愛の詰まった小箱」（文芸社）
「おかあまと僕　疎開先での冒険と"アイラブユの呪文"」（文芸社）
「権力の耐えがたき軽さ、または妻に鎖で繋がれた権力者」（文芸社）
「してはいけない七つの悪いこと」（青山ライフ出版）
「地球は人間だけのものじゃない」（青山ライフ出版）
「いじめ退治します」（青山ライフ出版）

天国《てんごく》から地獄《じごく》に連《つ》れて行《い》かれた男《おとこ》の子《こ》

著者　やまもと　よしあき（山本 善明）

発行日　2020 年 8 月 13 日
発行者　高橋　範夫
発行所　青山ライフ出版株式会社
〒 108-0014
東京都港区芝 5-13-11　第 2 二葉ビル 401
TEL：03-6683-8252　FAX：03-6683-8270
http://aoyamalife.co.jp
info@aoyamalife.co.jp

発売元　株式会社星雲社
（共同出版社・流通責任出版社）
〒 112-0005 東京都文京区水道 1-3-30
TEL：03-3868-3275
FAX：03-3868-6588

イラスト・装幀　溝上　なおこ

印刷 / 製本　モリモト印刷株式会社

ISBN978-4-434-27720-7